Arena-Taschenbuch
Band 2338

Andreas D. Hesse,
geboren 1974, studierte Germanistik und Geschichte. Seit frühester Kindheit interessierte er sich für Fantasy-Literatur und -Rollenspiele. Seinen ersten Fantasy-Roman schrieb der Autor im Alter von 23 Jahren.

Von Andreas D. Hesse sind als Arena-Taschenbuch erschienen:
Schatten über Fraterna (Band 2137)
Die letzten Magier (Band 2811)
Weltenspringer – Die Tochter der Wüste (Band 2339)
Weltenspringer – Die Türme von Shalaan (Band 2340)

Andreas D. Hesse

Weltenspringer

Das Schwert der Macht

Arena

Für meinen Freund Heinz Seeger,
der sich viel zu früh verabschiedet hat.
Wir denken an dich.

In neuer Rechtschreibung

1. Auflage als Arena-Taschenbuch 2004

Erstmalig erschienen 2000 by PepperMind
im Egmont Franz Schneider Verlag GmbH, München
Umschlagillustration: Silvia Christoph
Umschlagtypografie: knaus. büro für konzeptionelle
und visuelle identitäten, Würzburg
Gesamtherstellung: Westermann Druck Zwickau GmbH
ISSN 0518-4002
ISBN 3-401-02338-1

MIT weiten Sätzen rannte Art über die Wiese auf seine Freunde zu. Obwohl es schon fast dunkel war, konnte man Sannas blonden Schopf und Phillos bullige Gestalt deutlich erkennen. Die beiden Jungen, die Art eben noch verfolgt hatten, waren plötzlich spurlos verschwunden.

»Was ist denn mit dir los?«, fragte Sanna erstaunt, als Art sich keuchend neben ihr und Phillo ins Gras fallen ließ. »Bist du in den Bach gefallen oder warum bist du so nass?«

»Diese beiden Schläger hätten mich beinahe erwischt«, erklärte Art, wischte sich den Schweiß von der Stirn und grinste. »Aber ich war ein bisschen schneller als sie, und als sie Phillo gesehen haben, sind sie wieder abgehauen.«

»Feiglinge«, grollte Phillo und sah sich um, ob er seine Feinde nicht doch entdecken konnte. »Die gehen nur auf dich los, solange ich nicht da bin.«

Art zuckte die Schultern. »Eigentlich ganz verständlich. Ich habe schließlich keine Chance gegen sie.«

»Und die beiden keine Chance gegen Phillo«, ergänzte Sanna mit einem Seitenblick auf den größeren der beiden Freunde. Phillo war früher in einer Gang gewesen und hatte Erfahrung, was Schlägereien betraf. Und wenn das für Art auch ganz praktisch sein mochte, gefiel es ihr deswegen noch lange nicht. Wenigstens konnten sich die Jungs gegenseitig helfen: Art manövrierte Phillo durch die schlimmsten Probleme in der Schule und Phillo half seinem kleinen Freund, wenn es hart auf hart ging.

Art schien den gleichen Gedanken zu haben. »Dafür hat Phillo in der Klassenarbeit übermorgen keine Chance ohne mich«, sagte er lachend.

Sofort verdüsterte sich das Gesicht seines Freundes. »Hör bloß mit dem Zeug auf!«, schnauzte er. »Wenn ich da nicht durchkomme, bin ich weg vom Fenster.«

Genervt rieb Sanna sich die Augen. Sie hatte schon mehr als einmal erlebt, dass Phillo nach so einem Gespräch den ganzen Abend über stumm vor sich hin brütete.

»Hey, da kommt Jeans!«, stellte Art unbekümmert fest, als ein zierliches Mädchen mit einem bunt bemalten Rad über die Wiese auf sie zuklapperte. Ihr rotes, völlig zerzaustes Haar war mit einem Lederband lose zusammengebunden. Ihre ganzen Klamotten waren zerlöchert und abgewetzt, von dem ärmellosen T-Shirt bis zu der viel zu weiten Hose. Sanna konnte sich immer wieder über die Aufmachung ihrer Freundin amüsieren. Beide Mädchen legten Wert auf ihr Aussehen, aber während Sanna sich gerne in irgendwelchen Edelläden herumtrieb, suchte Jeans die Buden der Flohmärkte in der Stadt ab.

»Hi, Leute!«, rief Jeans und ließ ihr Rad achtlos zur Seite kippen. »Alles klar?«

»Passt schon«, meinte Sanna nickend. »Wo warst du denn?«
»Meine Eltern haben mich geschnappt und ein ernstes Gespräch mit mir geführt«, erklärte Jeans und verzog das Gesicht zu einer Grimasse. »Ihr müsst wissen, ich habe ganz gewaltige Probleme. Vermutlich bin ich in meiner Entwicklung gestört und werde später ziemliche Schwierigkeiten haben, mit meinem Ehepartner umzugehen. Und das Schlimmste: Ich sollte meine Bude aufräumen.«
»Was hast du deinen beiden Hobbypsychologen gesagt?«, fragte Art grinsend.
»Dass ich gerade sehr depremiert bin, weil ich nicht genau weiß, was ich will«, erwiderte Jeans lachend. »Und dass ich mich in einem chaotischen Zimmer am wohlsten fühle, weil es meinen seelischen Zustand widerspiegelt.«
»Lass mich raten: Sie haben es eingesehen«, vermutete Sanna stirnrunzelnd.
»Natürlich«, sagte Jeans zufrieden und setzte sich neben Phillo auf seine Jacke. »Rutsch mal, Homeboy!«
»Hör doch damit auf«, bat er sie genervt. Seit Jeans erfahren hatte, dass Phillo bis vor kurzem noch mit seiner Gang herumgehangen war, versuchte sie ihm diesen Spitznamen anzuhängen. Ihr eigener hatte sich irgendwann aus ihrem echten Vornamen – Angela – entwickelt, auch wenn sie keine Ahnung mehr hatte, wer auf diese Idee gekommen war.
»Hey, was ist denn bei dir kaputt?«, fragte sie und schubste Phillo.

»Die Klassenarbeit«, erinnerte Art sie hastig, während Phillo rot anlief vor Wut.
»Ach so, der Blödsinn«, brummte Jeans unbeeindruckt. Ihr war die Schule völlig egal. Sie bewältigte praktisch alle Fächer mit einer Leichtigkeit, die ihre Freunde immer wieder staunen ließ.
Sanna hatte zwar nicht die geringsten Sorgen, aber sie saß auch regelmäßig am Schreibtisch. Mit so etwas hielt sich Art nicht auf. Seine Noten waren immer gerade so gut, dass er nicht durchfiel. In Mathe war er zwar eine echte Leuchte, aber so richtig begeistern konnte er sich nur für Kunst. Sein ganzes Zimmer war eine chaotische Ansammlung von halb fertigen Skulpturen, Zeichnungen, Comics und Gemälden, die er »irgendwann später« einmal zu Ende bringen wollte.
»Was wollen wir eigentlich noch anstellen?«, fragte Sanna, um endlich das Thema zu wechseln. »Ich habe keine Lust, den ganzen Abend im Park herumzuhocken.«
»Ist mir Wurscht«, gähnte Jeans. »Ich habe sowieso kein neues Spiel daheim, also denkt euch was aus.«
»Schön zu hören, dass wir gerade keine Konkurrenz haben«, meinte Sanna bissig. Es ging ihr auf die Nerven, dass Jeans keine Skrupel hatte, ihre Freunde jederzeit für ein neues Computerspiel sitzen zu lassen.
»Die Leute aus der Theatergruppe treffen sich heute im Q-Tip«, meinte Art nach kurzem Überlegen. »Was meint ihr? Bisschen Billard spielen?«
»Cool«, stimmte Phillo zu. In den letzten Wochen hatte

er seine neue Leidenschaft für Billard entdeckt und war immer zu einem Spiel bereit.
»Nicht schon wieder Billard!«, stöhnte Jeans.
»Schlag was Besseres vor!«, verlangte Sanna.
Jeans setzte sich wieder auf. »Wie wäre es mit dem Unterhaus?«, begann sie. »Micky und die Jungs sind . . .« Plötzlich brach sie ab und starrte mit offenem Mund über Sanna hinweg. »Spinne ich jetzt oder was?«
Die anderen wandten sich um und folgten ihrem Blick.
»Was ist denn?«, fragte Phillo und rüttelte sie an der Schulter.
»Schaut doch mal genau hin!«, keuchte Jeans. »Die Luft – da ist was!«
»Sie hat Recht!«, rief Art und sprang auf. »Direkt hinter Sanna! Verdammt, Sanna, geh da weg!«
Jetzt sah Sanna es auch. In der Dämmerung war es zwar schlecht zu erkennen, aber keine zwei Meter von ihr entfernt schien die Luft zu flirren. Es war etwa so, als würde man an einem heißen Sommertag eine Teerstraße entlangsehen. Nur hier bildete sich in einem Meter Höhe eine Art Wirbel in der Luft, der immer größer wurde. Zugleich ertönte ein hohes Sirren, das direkt aus dem Strudel zu kommen schien.
»Okay!«, knurrte Phillo entschlossen. Mit einem Satz sprang er auf und packte Sanna, die gebannt noch immer in das seltsame Gebilde starrte. »Los, steh auf, Sanna! Art, Jeans, verzieht euch!«
Gerade, als er Sanna hochzerren wollte, ertönte ein oh-

renbetäubender Donner und ein gleißender Blitz blendete sie. Sanna und Phillo kippten schreiend nach hinten um und hielten sich die Hände vors Gesicht.
»Verdammter Mist!«, schrie Art und rieb seine schmerzenden Augen, während er unsicher aufstand. »Phillo! Sanna! Seid ihr zwei okay?«
»Mir geht es auch gut, danke«, keuchte Jeans und stolperte gegen ihn.
Sanna tastete blind auf dem Boden umher. »Was war das?«, rief sie. Ihre Stimme überschlug sich vor Aufregung.
»Keine Ahnung«, erwiderte Phillo langsam. »Sieht jemand was?«
»Sterne«, gab Jeans zurück. »Sonst noch Wünsche?«
»Wenigstens ist es jetzt weg«, stöhnte Art und ließ sich wieder ins Gras fallen. »Oder hört ihr noch was?«
»Scheint vorbei zu sein«, stimmte Sanna zu und sah sich blinzelnd um. »Seid ihr wirklich in Ordnung?« Die anderen gaben ein zustimmendes Brummen von sich. »Wunderbar. Was machen wir jetzt?«
Eine Weile herrschte ratlose Stille. »Vielleicht sollten wir erst mal den Typ da fragen, wo er herkommt?«, schlug Phillo schließlich vor und deutete auf einen Mann, der zwei Meter von ihnen entfernt im Gras lag und leise stöhnte.
»Das gibt's doch nicht«, flüsterte Jeans und wich vorsichtig ein Stück zurück. Sanna warf ihr einen kurzen Blick zu und kniete neben dem Fremden nieder. Art

und Phillo blieben hinter ihr stehen und sahen den Mann verwirrt an.
Sein Haar war lang und schlohweiß. Die Augen blinzelten wässerig unter den halb geschlossenen Lidern hervor und sein uraltes, runzeliges Gesicht war vor Schmerz verzerrt.
Ein Schauer überkam Sanna, als sie sah, dass das Gewand des Mannes am Bauch blutdurchtränkt war.
»Was sind denn das für Klamotten?«, staunte Art und musterte die seltsame Kleidung des Alten. Eine graue Kutte aus seidigem Stoff reichte ihm bis zu den Knien. Um die Schultern trug er einen schwarzen Umhang aus Samt, dessen Saum mit goldenen Stickereien und kleinen Perlen verziert war. Seine Stiefel reichten ihm bis über die Knie und waren aus dunkelbraunem Leder und in dem silberbeschlagenen Gürtel steckte in einer hölzernen Scheide ein kleiner Dolch.
»Völlig daneben«, stellte Jeans fest. »Ist das ein Penner oder was?«
»Ist doch scheißegal!«, schnaubte Phillo und stellte sich neben Sanna hin. »Der Typ stirbt gleich, wenn wir nichts unternehmen! Wo ist die nächste Telefonzelle?«
»Vorne, bei dem Kiosk«, sagte Jeans nach kurzem Überlegen. »Soll ich hinfahren?«
»Ja, hol den Notarzt«, stimmte Sanna zu und rüttelte den Mann vorsichtig an der Schulter. »Hallo? Können Sie mich hören?«
Stöhnend schlug der Alte die Augen auf und sah zu ihr

hoch. »Darken«, flüsterte er. »Ihr müsst den . . . König warnen . . . Darken . . . hat das Bronzeschwert . . . das Schwert der Alten . . . Geht zum König . . . beeilt euch.«

»Ich verstehe Sie nicht«, sagte Sanna hilflos. »Phillo, was meint er?«

»Keine Ahnung«, erwiderte Phillo kopfschüttelnd. »Jeans, fahr doch los! Hol Hilfe!«

Das Mädchen hatte den Worten des Alten gebannt gelauscht. Endlich riss sie sich los. »Okay«, sagte sie nur und ging zu ihrem Rad. Der Alte sah ihr nach und versuchte sich keuchend aufzurichten.

»Nein!«, rief er heiser und Blut quoll aus seinem Mund. Jeans blieb bei dem Schrei stehen und starrte den Alten an. »Keine Hilfe . . . für mich . . . ich schicke euch . . .« Damit sank er wieder zurück und zerrte mit fahrigen Bewegungen unter seiner Kutte einen Anhänger hervor, den er Sanna in die Hand drückte.

Sie starrte entgeistert auf das Schmuckstück herab. Es ähnelte einer Münze, die etwa so groß war wie ihr Handteller. Der äußere Rand war aus einem dunkelgoldenen Metall, während die innere Scheibe aus glänzendem Silber bestand. Beide Teile waren mit seltsamen Symbolen bedeckt, die Sanna noch nie zuvor gesehen hatte.

»Und jetzt . . . hütet euch . . .«, flüsterte der Alte noch. »Warnt . . . den König . . .« Seine Lippen bewegten sich, als er einige Silben murmelte.

»Sanna!«, schrie Phillo. »Wirf das Ding weg!«

Doch Sanna starrte nur gebannt die Münze in ihrer Hand an, die in einem seltsamen blauen Licht zu glühen begann, während sich die innere Scheibe lautlos drehte. Auf einmal wurde die Nacht um sie herum taghell und ein ferner Donner drang an ihre Ohren. Sie schrie auf, hielt sich die Hände vor das Gesicht. Dann stürzte sie in tiefe Finsternis hinab.

Art erwachte und sah sich um. Sein Kopf brummte und er rieb sich verwirrt die Augen. Diesen Ort hatte er in seinem ganzen Leben noch nie gesehen. Eben noch hatten sie doch auf der Wiese im Park gesessen und sich über diesen Alten gewundert. Und nun hockte Art auf einer kleinen, von hellem Mondlicht durchfluteten Lichtung mitten in einem düsteren Wald, dessen Wipfel sich leise im Wind bewegten.

Langsam stand er auf. Irgendetwas schien ihm falsch zu sein, auch wenn er nicht sagen konnte, was es war. Erst nach einiger Zeit erkannte er den Grund für sein Gefühl: Er selbst war es.

»Das gibt's doch nicht!«, flüsterte er, als er an sich heruntersah. Seine Kleider schlotterten um seinen Körper, als wären sie plötzlich doppelt so groß wie vorher. Nur täuschte dieser Eindruck ganz gewaltig. Nicht seine Kleider waren gewachsen, sondern Art war geschrumpft. Wenn auch seine Arme früher schon nicht besonders muskulös gewesen waren, so wirkten sie nun wie die eines kleinen Kindes – bis auf den dunklen Pelz.

Auch sein Oberkörper war, wie er sogleich feststellte, von diesem Fell bedeckt.

»Das gibt's doch nicht«, stellte er noch einmal fest. Anscheinend war er nur noch etwa einen Meter groß und kaum halb so breit wie vorher. Komischerweise machte ihm seine neue Gestalt nicht viel aus. Eigentlich hätte er zumindest erschrocken sein müssen, aber er fand die Situation nur ziemlich spannend. Neugierig untersuchte er sich noch ein wenig und merkte, dass sogar sein Gesicht von Fell bedeckt war – wenn auch die Haare hier wesentlich weicher und kürzer waren als an seinem restlichen Körper. Vorsichtig betastete er seine vorspringende Nase und versuchte sich vorzustellen, wie er aussah. Schließlich erregte ein Stöhnen in der Nähe seine Aufmerksamkeit. Zum ersten Mal blickte er um sich.

Fast hätte er erwartet, dass dieser seltsame Alte nicht nur ihn an diesen Ort verbannt hatte. Irgendwie hatte er gedacht, dass Phillo, Sanna und Jeans auch hier waren. Stattdessen lag da ein ihm völlig fremdes Mädchen. Interessiert betrachtete Art die junge Frau. Ihre Haut war sehr dunkel und auch das Haar, das ihr ovales, schlankes Gesicht umrahmte, war pechschwarz. Als sie die Augen aufschlug, war Art fast geblendet von ihrer Schönheit. Ihm war sofort klar, dass sich jeder Mann in dieses Mädchen verlieben müsste. Und obwohl er sie noch nie gesehen hatte, kam sie ihm bekannt vor.

»Hallo«, sagte er freundlich. »Bist du okay?«

Sie starrte zu ihm hoch und zuckte dann zusammen.
»Oh Gott!«, keuchte sie und wich auf allen vieren vor ihm zurück.
»Äh, du musst keine Angst haben«, sagte Art schnell. »Ich heiße Martin und ich will dir bestimmt nichts tun. Wie ist denn dein Name?«
Sobald er seinen Namen genannt hatte, erstarrte das Mädchen und wandte sich langsam zu ihm um. »Wie heißt du?«
»Martin«, wiederholte er, zufrieden mit der Wirkung seiner Worte. »Aber meine Freunde nennen mich Art, weil ich so gerne male und zeichne«, plapperte er schnell weiter, um sie aus ihrem Schockzustand zu reißen.
»Das glaube ich nicht!«, ächzte sie und stand unsicher auf. Dann sah sie an sich herunter und Art ging ein Licht auf. Das fremde Mädchen trug Sannas Klamotten.
»Art?«, fragte sie vorsichtig und starrte auf ihn herab. Er reichte ihr wirklich nur bis zum Bauchnabel.
»Sanna?«, vermutete er. »Na, so was. Du siehst irgendwie ganz anders aus. Viel hübscher als vorher.«
»Was?«, stotterte sie. »Ich ... du ... äh ... verdammt, du siehst wie ein Affe aus!«
»Hey!«, protestierte er. »Nur weil ich kleiner geworden bin, musst du mich nicht gleich so blöd anmachen.«
»Warum bist du kleiner geworden?«, schrie sie. »Was ist eigentlich passiert?«
»Keine Ahnung«, gab Art schulterzuckend zu. »Der Alte ist daran schuld, vermute ich. Du hast doch auch die-

ses Licht gesehen, oder? Anscheinend sind wir irgendwohin gekommen, wo wir ganz anders aussehen als vorher.«

»Aha«, sagte Sanna schwach. »Na, so was.«

»Habe ich auch gesagt«, erzählte Art zufrieden. »Aber du musst dir keine Sorgen machen, du schaust echt toll aus.«

»Super«, meinte Sanna, ließ sich auf den Hintern plumpsen und starrte ihren Freund völlig entgeistert an. »Das freut mich.«

»Und wie sehe ich so aus?«, sagte eine raue Stimme aus dem Dunkel hinter ihnen. Eine schmale Gestalt trat auf die Lichtung und baute sich vor ihnen auf. »Nur zur Info: Ich bin's – Jeans.«

»Du siehst anders aus«, sagte Art staunend. Jeans hatte bis vor kurzem noch richtig zerbrechlich gewirkt. Stattdessen zeichneten sich nun an ihren nackten Armen sehnige Muskeln ab und ihre Beine hätten einer Marathonläuferin gehören können. Ihre Haare hatten sich kaum verändert, sie hingen immer noch in den vertrauten wirren Zotteln von ihrem Kopf herab. Doch das Auffälligste waren die Tätowierungen. Ihr ganzes Gesicht, aber auch die Schultern und Arme waren mit seltsamen, bizarren Mustern geschmückt. »Irgendwie – äh, angemalt«, fuhr Art fort und kicherte leise.

»Das hatte ich mir fast gedacht, du Trottel«, schnaubte Jeans. »Wenigstens habe ich noch keine Haare im Gesicht.«

»Hallo, Jeans«, sagte Sanna schwach, ohne ihren Blick von den Tätowierungen lösen zu können. »Alles in Ordnung?«

»Passt schon«, brummte Jeans.

Art hätte sich ausschütten können über ihre raue Stimme – und tat es auch.

»Wenn der Idiot nicht bald zu lachen aufhört, fängt er eine«, stellte Jeans fest. »Wo sind wir hier? Und wo ist Phillo?«

»Hier«, kam die Antwort mürrisch zwischen den Bäumen hervor. »Nicht erschrecken, bitte!«

Trotz der Warnung keuchten alle drei, als Phillo in den Mondschein auf der Wiese trat.

»Um Gottes willen!«, flüsterte Sanna und betrachtete fassungslos die neue Gestalt ihres Freundes. Das fahle Licht schimmerte schwach auf den schwarzen Schuppen, die nun seine Haut bedeckten. Unter dieser Echsenhaut wölbten sich gewaltige Muskelpakete und in dem nicht mehr menschlich erscheinenden Gesicht glühten zwei gelbe Augen. Als er sie hilflos anlächelte, sahen seine Freunde schaudernd die spitzen Zähne in seinem Mund aufblitzen. Seine Kleider hatte er zu einer Art Lendenschurz zusammengeknotet und trug sie nun um die Hüfte geschlungen.

»Ich habe mich in Godzilla verwandelt«, klagte Phillo scherzhaft und hob seine klauenartige Hand. »Oder was Ähnliches.«

»Keine Sorge«, brummte Jeans. »Bis auf Sanna ist keiner

von uns hübscher geworden.« Sie lachte. »Sei lieber froh, dass du kein Zwerg geworden bist wie Art.«
»Oder vollgeschmiert, so wie Jeans«, pflichtete Art ihr bei. »Du siehst einfach nur aus wie ein schwarzes Krokodil.«
»Na, dann«, brummte Phillo skeptisch. Seine Stimme hörte sich an, als hätte man einem Bären das Sprechen beigebracht.
»Was machen wir denn jetzt?«, fragte Jeans ungeduldig in die Runde. »Ich habe gar keine große Lust, noch länger in diesem Zustand herumzurennen. Ich will wieder heim.«
»Warum denn?«, fragte Art fassungslos. »Du weißt noch nicht einmal, wo wir sind, und willst schon wieder weg?«
»Allerdings«, stimmte Sanna entschieden ihrer Freundin zu. »Ich will auch nach Hause, in unseren Park, in mein Bett – und vor allem in meinen Körper.«
»Du hast doch gar keinen Grund, dich zu beschweren«, meinte Art nur schulterzuckend.
»Da hat er Recht«, grollte Phillo langsam und setzte sich hin. »Aber ich will auch weg.«
»Sanna?«, begann Jeans langsam. »Hast du diesen Anhänger noch?«
Einen Moment lang sah Sanna sie verständnislos an. Dann stand sie wortlos auf, ging zu der Stelle, an der sie aufgewacht war, und suchte den Boden ab. Nach kurzer Zeit hielt sie den Anhänger an seinem silbernen Kett-

chen in die Höhe. Jeans nahm das Schmuckstück entgegen und untersuchte es stirnrunzelnd.
»Keine Ahnung, wie uns das weiterbringen soll«, sagte sie schließlich seufzend und gab Sanna den Anhänger zurück. »Was machen wir jetzt?«
»Wir könnten die Gegend erkunden«, schlug Art begeistert vor, während er seine Hosenbeine umkrempelte, bis sie ihm wieder einigermaßen passten.
»Vielleicht funktioniert es ja auch andersrum«, brummte Phillo. »Es kann doch sein, dass sich dieser Luftstrudel noch einmal bildet. Dann sollten wir hier bleiben.«
In diesem Moment hörten sie leises Wiehern. Hundegebell und Männerstimmen schallten durch den Wald.
»Was war eigentlich mit dem Alten los?«, fragte Jeans langsam. »Er war doch schwer verletzt. Wer hat ihm das wohl angetan?«
»Vermutlich jemand, der jetzt hier nach ihm sucht«, erwiderte Phillo grimmig. »Wenn sich der Alte in unsere Welt – wo immer die auch sein mag – gerettet hat, dann sind wir wahrscheinlich ungefähr da, wo er war, als er verletzt wurde.«
»Ich habe ein ziemlich mieses Gefühl«, stellte Sanna fest und sah sich besorgt um. »Dieser Lärm kommt immer näher.«
»Stimmt«, meinte Art fröhlich. »Sollen wir warten, bis die Leute hier sind?«
»Ich bin dagegen«, erklärte Jeans und sah die anderen

an. »Lasst uns abhauen und zusehen, dass wir aus diesem Wald herauskommen.« Die anderen drei nickten knapp. »Dann los!«
Die vier gingen vorsichtig bis zu dem Rand der Lichtung und in den Wald hinein. Die Geräusche hinter ihnen kamen rasch näher und auch die Freunde liefen immer schneller. Zuerst hatten sie nur ein ungutes Gefühl, doch durch den finsteren Wald und die Zweige, die ihnen in die Gesichter peitschten, wurde dieses Gefühl bald zu echter Angst.
Dank der Schneise, die Phillo ihnen durch das Gestrüpp bahnte, kamen die vier so schnell voran, dass die Stimmen und das Gebell hinter ihnen schließlich wieder schwächer wurden.
»Sieht so aus, als könnten wir es schaffen«, stellte Jeans keuchend fest, als sie einen Moment stehen blieben, um sich auszuruhen und zu lauschen.
»Schon«, gab Sanna zögerlich zu. Sie spürte ein merkwürdiges Kribbeln in ihrem Hinterkopf. Plötzlich tauchten vor ihrem inneren Auge Bilder auf. Bilder von einem bösartigen Wesen, das lautlos hinter ihnen durch den Wald huschte. »Ich habe trotzdem ein komisches Gefühl. Als würde uns noch etwas verfolgen, das wir nicht hören können.«
»Ein Gespenst?«, vermutete Art grinsend.
»Sehr witzig«, brummte Phillo und blitzte ihn mit seinen gelben Augen an.
Ein seltsames Geräusch ließ Sanna herumfahren. Zöger-

lich ging sie ein paar Schritte zurück und spähte zwischen den Bäumen hindurch.
»Was ist los?«, fragte Jeans misstrauisch.
»Ich habe hier irgendwas gehört«, erklärte Sanna langsam, ohne sich umzudrehen. »Da ist etwas hinter uns.«
In diesem Moment schoss ein wolfartiges Wesen aus dem Dunkel zwischen den Bäumen hervor. Mit einem gellenden Schrei warf Sanna sich zur Seite und es flog über sie hinweg, so knapp, dass sie noch den Luftzug spürte.
»Sanna!«, brüllte Phillo und stürmte auf sie zu, während das Tier sich sofort nach ihr umdrehte und ein ohrenbetäubendes Brüllen von sich gab. Sein Fell hatte eine seltsam gelbliche Farbe und es stierte das Mädchen aus vier roten Augen an. Sanna war vor Schreck wie gelähmt.
»Ein Wolf!«, schrie Jeans und hob einen dicken Ast vom Boden auf.
»Das ist kein Wolf«, rief Art begeistert. »Das ist ein echtes Monster!«
Die Bestie sah sich kurz um. Dann duckte sie sich und sprang Sanna noch einmal an. Doch die riesigen Kiefer schnappten ins Leere, als Phillo sich mit einem wütenden Brüllen gegen den gelben Körper warf und ihn zur Seite wegriss. Das Monster und Phillo verschwammen zu einem wirren Knäuel, während sie gemeinsam über den Boden rollten.
»Wir müssen ihm helfen«, rief Art mit sich überschla-

gender Stimme. Sein Gesicht war zu einem irren Grinsen verzerrt. »Jeans, tu doch was!«

»Moment noch!«, schnappte Jeans zurück. Sie bemühte sich gerade den Ast an einem Ende durchzubrechen. Endlich gab das Holz mit einem trockenen Knacken nach. Mit einem kurzen Blick prüfte sie das Ende des Stocks. An der Bruchstelle war nun eine gezackte Spitze entstanden. »Okay!«, knurrte sie und näherte sich den beiden Kämpfenden, während Sanna langsam aufstand.

Das Monster hatte sich in Phillos linken Arm verbissen. Er selbst umklammerte den gewaltigen Körper des Wesens mit den Beinen und versuchte gleichzeitig keuchend mit dem rechten Arm seine Kehle zu erreichen.

»Halt das Biest fest, Phillo!«, schrie Jeans und hob ihren plumpen Speer in die Höhe. Mit einem bösen Knurren umfasste Phillo die Kehle des Monsters und versteifte sich für einen Moment wie ein Brett.

Jeans stieß einen rauen Schrei aus und stach mit beiden Armen zu. Der Ast drang in den weichen Bauch des Wesens und brach dann ab. Blut schoss aus der Wunde hervor und das Wesen gab ein grausiges Gurgeln von sich. Jeans trat einen Schritt zurück und fiel hin. »Oh Gott!«, keuchte sie. Es schien ihr erst jetzt klar zu werden, was sie getan hatte.

Das rote Glühen in den vier Augen erlosch und der Körper der Bestie erschlaffte zitternd. Phillo gelang es mit einiger Mühe, den Kadaver von sich herunterzurollen.

»Wie geht es deinem Arm?«, erkundigte sich Sanna besorgt und trat vorsichtig ein Stück näher. »Du blutest. Ist es schlimm?«
Überrascht musterte Phillo seine Verletzung. Die Zähne des Monsters hatten mehrere blutige Risse in seiner Schuppenhaut hinterlassen. Doch er verspürte kaum mehr Schmerzen als bei einer größeren Schürfwunde.
»Nein, es geht schon, danke«, brummte er.
»Na ja«, meinte Sanna schließlich. »Danke jedenfalls für die Lebensrettung und so.«
»Gern geschehen«, erwiderte Phillo automatisch und stellte dann erst fest, wie blödsinnig sich das anhörte.
»Ach ja«, wandte er sich hastig an Jeans, »das Gleiche übrigens von mir. Ohne dich hätte ich das Biest nicht zur Strecke gebracht.«
»Wie so oft«, erwiderte Jeans mit Genugtuung, strich ihre Zotteln zurück und warf dem Kadaver einen kurzen Blick zu. »Zum letzten Mal: Ich will nach Hause.«
»Du spinnst doch!«, rief Art entgeistert. »Jetzt wird es doch erst so richtig spannend!«
»Und du so richtig spinnend«, schnappte Jeans zurück. »Anscheinend ist jetzt in deinem kleinen, pelzigen Kopf nicht mal mehr Platz, um das letzte bisschen Hirn zu verstauen.«
»Hört doch damit auf«, bat Sanna ruhig. »Sperrt lieber mal kurz die Ohren auf.«
Die Freunde horchten in die Dunkelheit hinein. Das Gebell und die Stimmen waren wieder näher gekommen.

»Wird nicht mehr lange dauern, bis sie hier sind«, stellte Jeans fest.

»Vielleicht sind die Leute gar nicht hinter uns, sondern hinter diesem Mistvieh her«, überlegte Art hoffnungsvoll. »Warum warten wir nicht auf sie und finden heraus, was sie wirklich wollen?«

»Weil wir uns nicht leisten können, dass du dich täuschst und wir ihnen einfach in die Arme laufen«, sagte Sanna nur. »Lasst uns weitergehen! Wenn die Leute wirklich dieses Monster hier jagen, dann werden sie ja anhalten, sobald sie es finden. Dann können wir uns immer noch bemerkbar machen.«

»Da hat sie Recht«, stimmte Phillo widerstrebend zu.

»Ihr seid Langweiler«, murrte Art, beließ es aber dabei und die Freunde setzten ihre Flucht fort.

NACH wenigen Minuten war den vieren klar, dass sie ihren Verfolgern nicht mehr entkommen konnten. So schnell sie auch rannten, das Bellen der Hunde kam unaufhaltsam näher.
»Die Hunde haben Witterung aufgenommen!«, dröhnte eine tiefe Männerstimme durch den dunklen Wald und andere Stimmen brüllten Befehle.
»So fühlt sich also ein Fuchs«, keuchte Jeans im Laufen. »Unter uns, ich habe ziemlichen Schiss.«
»Sie sind also wirklich hinter uns her«, stellte Art zufrieden fest. »Schau an.«
»Was ist eigentlich mit dir los?«, fragte Sanna völlig entgeistert. »Bist du betrunken oder was?«
Art sah sie verständnislos an. Er wusste zwar ungefähr, was sie meinte. Sie wunderte sich anscheinend, dass er nicht so ängstlich war wie die andern. Aber er konnte sich beim besten Willen nicht erklären, warum seine Freunde gar so panisch waren. Diese ganze Geschichte schien doch viel zu interessant, als dass sie sich deswegen hätten ängstigen müssen. Er war sehr gespannt, was passieren würde, wenn die Hunde sie erreicht hatten.
»Wir kommen endlich aus diesem verfluchten Wald raus!«, keuchte Jeans erleichtert, als auf einmal helles Mondlicht zwischen den Bäumen durchschien.

»Fragt sich nur, ob uns das wirklich was nützt«, stöhnte Sanna verzweifelt, als sie völlig erschöpft ins Freie taumelten. Fast senkrecht erhob sich kaum fünfzig Meter vor ihnen eine riesige Felswand, die düster in den Nachthimmel aufragte.

»Da kommen wir nie hoch«, stellte Phillo ruhig fest. »Links oder rechts?«

»Links«, schlug Jeans hustend vor.

»Von mir aus.« Sanna nickte und wischte sich mit dem Ärmel den Schweiß von der Stirn. »Na los!«

Mit letzter Kraft rannten die Freunde an den Felsen entlang, während das Hundegebell im Wald immer lauter wurde. Doch sie waren noch keine hundert Meter weit gekommen, als vor ihnen mehrere Gestalten auf Pferden aus dem Dickicht brachen und sich ihnen in den Weg stellten. Ihre Hunde stimmten ein begeistertes Gekläff an, sobald sie ihre Beute vor sich sahen.

»Da sind sie!«, brüllte einer der Männer. »Wir haben sie!«

»Zurück!«, knurrte Phillo. »Los, beeilt euch!«

Sie wandten sich um und stolperten in die andere Richtung weiter, während die Reiter unter wildem Gebrüll hinter ihnen herpreschten.

»Sie haben uns«, stellte Phillo nach wenigen Schritten fest. Auch auf der anderen Seite tauchten Reiter zwischen den Bäumen auf und ritten auf sie zu. Die vier wichen bis zu der Felswand zurück und lehnten sich dort schwer atmend gegen den kalten Stein.

»Ganz schön viel Aufwand für ein paar harmlose Mutanten«, wunderte sich Art, als zwischen den Bäumen immer mehr Hunde und Reiter auftauchten. In wenigen Augenblicken hatten ihre Verfolger einen Halbkreis um sie herum gebildet und warteten, während sich die Hunde langsam wieder beruhigten. Das Metall ihrer Rüstungen blitzte silbern durch die Nacht und Sanna lief ein Schauer über den Rücken, als sie die blanken Schwerter der Männer sah.

»Diese Typen sehen nicht besonders freundlich aus«, sagte Jeans leise. »Aber wenn sie uns umbringen wollen, worauf warten sie denn noch?«

»Ich glaube, der Häuptling will vorher noch mit uns plaudern«, erwiderte Art und musterte neugierig den Mann, der sich nun aus der Gruppe löste und sein Pferd langsam näher heranlenkte. Sein Helm war mit zwei bizarren Flügeln verziert und auf seinen Schulterpanzern saßen zwei lange Stacheln. Er hatte als Einziger sein Schwert nicht gezückt.

»Na, sieh mal an«, sagte der Kerl lachend, als er nur noch wenige Schritte von ihnen entfernt war. Seine Stimme dröhnte dumpf unter dem Helm hervor. »Mit so einer Beute habe ich gar nicht gerechnet. Wer seid ihr und was tut ihr in diesem Wald?«

»Wir sind aus einer anderen Welt«, plapperte Art fröhlich los. »Aber ich würde auch gerne wissen, wer Sie sind. Vielleicht wäre es besser, wenn ...« An dieser Stelle brach er ab, weil Jeans ihm hastig den Mund zuhielt.

»Er ist irre«, erklärte sie mit einem gezwungenen Lächeln. »Sie müssen ihn entschuldigen.«
»Gerne«, sagte der Reiter. »Ihr kommt also aus seiner anderen Welt? Bei eurem Aussehen könnte man das fast glauben. Solche Gestalten hat es in dieser Gegend meines Wissens noch nie gegeben.« Er schwang sich von seinem Pferd, setzte den Helm ab und kam auf sie zu. Interessiert musterte er die Jugendlichen. Sein Blick blieb sofort an Sanna haften. »Eine Elhaîn«, sagte er leise und strich sich den dünnen Kinnbart. »Ich hätte nicht gedacht, dass ich noch einmal eine eures Volkes zu sehen bekommen würde.«
Sanna war der Blick des Mannes unbehaglich. Sie spürte, dass hinter diesen schwarzen Augen der Wahnsinn loderte, und schmiegte sich noch enger an die Felswand. Phillo sah kurz zu ihr herüber und stellte sich zwischen sie und den Fremden.
Der lächelte amüsiert. »Und was haben wir hier? Du musst wahrlich ein Koghaner sein.« Sein Blick streifte Phillos verletzten Arm. »Warst du es, der mein liebes Tierchen ermordet hat? Ja, das warst wohl du.«
»Das war wirklich Ihr Vieh?«, fragte Art unbekümmert und befreite sich aus Jeans' Griff. »Warum haben Sie es denn auf uns gehetzt?«
»Ein Lherram«, staunte der Mann und lachte, als er Jeans sah, die vergeblich versuchte Art wieder zu packen. »Und eine Khuzum auch noch. Das ist tatsächlich die merkwürdigste Gesellschaft, die mir je untergekommen ist.«

»Unser Freund hat Recht«, knurrte Phillo. Er konnte sich nur mühsam zurückhalten auf diesen arroganten Kerl loszugehen. »Was wollen Sie von uns?«
Die Augen des Mannes wurden schmal und sein Mund verzog sich zu einem schiefen Grinsen. »Ich suche einen alten Freund«, knurrte er. »Sein Name ist Ulrik. Ich nehme an, ihr habt ihn gesehen. Er ist ziemlich alt, hat lange weiße Haare und ein Loch im Bauch.«
Diesmal schaffte es Jeans, Art rechtzeitig zum Schweigen zu bringen. »Nein, den haben wir nicht gesehen«, erwiderte sie mit fester Stimme, fast drohend. »Wieso suchen Sie ihn denn?«
»Ich möchte ihm helfen«, sagte der Fremde eisig. »Er war schwer verletzt, als wir uns aus den Augen verloren haben. Ohne Hilfe wird er vermutlich sterben.«
»Dann sollten Sie ihn vielleicht schnell weitersuchen«, schlug Sanna freundlich vor. »Um uns müssen Sie sich jedenfalls keine Sorgen machen.«
»Mit Sicherheit nicht«, sagte der Mann. »Aber ihr solltet euch schon ein wenig Gedanken um eure Zukunft machen, denn ich habe das Gefühl, dass ihr mir noch einiges erzählen könnt.« Er wandte sich zu seinen Männern um und gab ihnen einen knappen Wink. »Packt sie!«, befahl er und ging mit raschen Schritten zu seinem Pferd zurück. »Wir nehmen diesen Abschaum mit. Beeilt euch! Und seid vorsichtig mit dem Mädchen!«
»Wieso bin ich mir nur so sicher, dass er Sanna meint?«, schnaubte Jeans wütend. »Mistkerl!«

»Was sollen wir machen?«, fragte Art. »Ich glaube gar nicht, dass dieser Typ wirklich nett ist.«
»Ich lasse mich nicht von diesen Kerlen gefangen nehmen«, stellte Phillo leise fest. In seinen Ohren rauschte das Blut und er hatte einen seltsamen metallischen Geschmack im Mund. »Eher gehe ich drauf.«
»Blödsinn!«, fauchte Jeans. »Du hast doch keine Chance. Das sind mehr als zwanzig Gestalten, und sie haben Schwerter! Verdammt, Phillo, mach keinen Mist!«
Sanna starrte die Männer an, die sich ihnen nun zu Fuß näherten. Wieder huschten Bilder durch ihren Kopf – Bilder, die ihr noch mehr Angst machten als die Reiter. Auf einmal stieg ihr ein modriger Geruch in die Nase.
»Es kann sein, dass wir noch andere Probleme haben«, stellte sie leise fest. Kaum hatte sie das gesagt, als die Hunde ängstlich zu winseln anfingen. Die Männer blieben stehen und sahen sich verwirrt um.
»Was haben die Köter denn?«, fragte einer von ihnen.
»Macht schnell!«, brüllte der Anführer und stieg hastig auf sein Pferd. »Los, greift sie euch und dann nichts wie weg hier!«
»Er weiß, was los ist«, erklärte Jeans grimmig. »Und er hat Angst. Irgendwas ist hier faul.«
»Allerdings«, flüsterte Sanna. »Seht mal zum Waldrand.«
Zwischen den Bäumen tauchten wie aus dem Nichts hunderte von bleichen Gestalten auf, die sich langsam

den Soldaten näherten. Sie waren unbekleidet und ihre weiße Haut glänzte gespenstisch im Mondlicht. Die starren Gesichter hatten etwas Menschliches, doch in den schwarzen Augen war nicht das geringste Leben.
»Schattenfresser!«, kreischte einer der Soldaten panisch und sprang auf sein Pferd, das schrill wieherte und mit rollenden Augen zu scheuen begann.
Plötzlich waren die vier Freunde völlig vergessen. Alle Soldaten hasteten zu ihren Pferden zurück, während die Hunde wie irre an ihren Leinen rissen und vor den bleichen Gestalten zu fliehen versuchten, die sich langsam, aber unaufhaltsam näherten.
»Wir müssen hier weg!«, keuchte Sanna, als die Schattenfresser die ersten Soldaten erreicht hatten und sie mit völlig reglosen Gesichtern von den Pferden zerrten. »Das sind keine Menschen.«
Diese Wesen waren selbst Art unheimlich. Der Pelz sträubte sich ihm, als er sah, wie ein Soldat eines von ihnen mit seinem Schwert durchbohrte. Das Monster kümmerte sich nicht im Geringsten um seine Verletzung, sondern zerrte nur stumm die Klinge aus seinem Bauch. Nicht ein Tropfen Blut war zu sehen.
Zum ersten Mal, seit er sich in dieser Welt befand, spürte Art so etwas wie Furcht. Hektisch sah er sich um und suchte nach einem Fluchtweg. »Dort drüben!«, rief er und deutete die Felswand zu seiner Rechten entlang. »Wir müssen uns beeilen!«
Die anderen sahen sich um. Art hatte Recht. Diese

Schattenfresser hatten die Freunde fast völlig eingekreist. Nur auf ihrer rechten Seite war noch eine Lücke zwischen ihnen und der Felswand.

»Los!«, rief Phillo und sie begannen zu rennen, während hinter ihnen die Todesschreie der Soldaten sich mit dem ängstlichen Gekläff der Hunde und dem Wiehern der Pferde mischten.

»Wir schaffen es nicht!«, keuchte Sanna, als vor ihnen doch noch unzählige der grausigen Wesen mit taumelnden Schritten aus dem Wald kamen und versuchten ihnen den Weg abzuschneiden.

»Macht schneller!«, schnauzte Phillo und gab einem der Schattenfresser einen gewaltigen Stoß, sodass er nach hinten umfiel. Wie die Hasen hetzten die Freunde an den bleichen Monstern vorbei und wichen den nach ihnen greifenden Händen mit hastigen Sätzen aus. Sie hatten die Schattenfresser schon fast hinter sich gelassen, als hinter ihnen plötzlich Hufe donnerten und der Anführer der Soldaten zwischen ihnen hindurchsprengte.

»Ich wünsche euch viel Glück, meine Freunde!«, schrie er über die Schulter hinweg. »Wir werden uns wieder sehen, das verspreche ich euch!« Damit war er im Wald verschwunden.

»Los, weiter!«, drängte Jeans und gab Art einen heftigen Stoß, als er langsamer wurde und dem Mann verwundert nachsah. Hinter ihnen verstummten die Schreie der Soldaten nach und nach. Das Entsetzen verlieh den

Freunden neue Kräfte, und auch als sie außer ihrem eigenen Atem nichts mehr hörten, hetzten sie noch durch die Dunkelheit.

Der schmale, grasbewachsene Streifen zwischen der Felswand und dem Wald wurde immer breiter und ging schließlich in einen langen Hang über, der von grobem Geröll übersät war. Zuletzt standen die Freunde oberhalb einer kleinen Senke, die ruhig und verlassen im Mondlicht dalag. Zwischen windschiefen Bäumen ragten vereinzelt gewaltige weiße Felsen aus dem Boden auf, als hätte ein Riese versucht hier Steine anzupflanzen.

»Ich glaube, wir können uns einen Moment ausruhen«, schnaufte Jeans und setzte sich hin. »Außerdem kann ich sowieso nicht mehr.«

»Einverstanden«, sagte Sanna und ließ sich schwer atmend auf einem kleinen Felsen nieder. »Mein Gott, so weit bin ich noch nie auf einmal gerannt!«

Phillo beobachtete misstrauisch die Umgebung. Seine gelben Augen hatten sich zu schmalen Schlitzen verengt. »Was waren das nur für Wesen?«, fragte er leise. »Diese Schattenfresser, meine ich.«

»Auf alle Fälle waren sie lange nicht mehr im Urlaub«, erklärte Art und kletterte auf einen größeren Felsen, um sich umzusehen. »Wer so blass ist, hat die Sonne schon seit Ewigkeiten nicht mehr gesehen.«

»Das ist mir völlig egal, solange wir hier vor ihnen si-

cher sind«, stellte Jeans fest und versuchte ihre schweißnassen Zotteln zu bändigen. »Was sollen wir jetzt eigentlich machen?«
»Wir müssen uns einen Platz zum Schlafen suchen«, meinte Sanna schulterzuckend. »Meine Beine sind völlig am Ende und mir ist kalt.«
»Das geht uns allen so, denke ich«, brummte Phillo. »Aber wir sollten etwas finden, wo uns so leicht niemand entdeckt. Ich möchte weder diesem bärtigen Mistkerl noch diesen weißhäutigen Monstern in die Hände fallen.«
»Ich glaube, da unten gibt es so was wie eine Höhle«, rief Art und spähte in die Senke hinunter. »Seht ihr diesen flachen Felsen da? Da drunter sollten wir doch schlafen können.«
»Art hat Recht«, stimmte Phillo ihm zu. »Wenn wir uns da drunterlegen, dürfte uns keiner so schnell entdecken.«
»Na, dann los!«, seufzte Jeans und stand mühsam auf. »Ich kann kaum noch geradeaus schauen.«
Nach einigen Minuten hatten die Freunde ihr Ziel erreicht. Die Felsplatte ragte schief aus dem Erdboden hervor, sodass sie ein natürliches Dach bildete. Durch den Wind hatte sich eine Menge trockener Blätter darunter gesammelt, die nun ein weiches Bett abgab.
»Willkommen im Luxushotel«, erklärte Jeans skeptisch, als Art sich fröhlich in das Laub fallen ließ. »Lassen wir uns noch was vom Zimmerservice kommen?«

»Für mich einen Kasten Mineralwasser«, stöhnte Sanna und ließ sich neben Art nieder. »Ich sterbe vor Durst.«

»Wir werden uns morgen als Erstes nach etwas zu trinken umsehen müssen«, meinte Phillo gähnend und Jeans betrachtete verstohlen seine Furcht erregenden Zahnreihen. »Aber in der Dunkelheit hat das keinen Sinn mehr. Und ich bin auch einfach zu müde, um jetzt noch weiterzugehen.« Er setzte sich hin und lehnte sich gegen den Felsen.

»Meint ihr, dass wir hier sicher sind?«, fragte Jeans und rieb sich die Augen. »Oder sollen wir eine Wache aufstellen?«

»Ehrlich gesagt, ich glaube gar nicht, dass das nötig ist«, sagte Sanna langsam. »Erstens habe ich ein gutes Gefühl, was diesen Platz hier angeht, und zweitens hat dieser Mistkerl gesagt, dass er nicht länger als nötig bei dieser Felswand bleiben wollte. Ich denke, dass diese Schattenfresser nicht besonders weit herumkommen, sonst wären sie doch schon da gewesen, als wir im Wald aufgewacht sind.«

Die anderen dachten kurz darüber nach. »Ich werde trotzdem erst mal aufbleiben«, brummte Phillo skeptisch. »Wenn ich nicht mehr kann, wecke ich Art auf.«

»Wieso mich?«, fragte Art erstaunt. »Warum nicht Jeans oder Sanna?«

»Weil wir die Mädchen sind«, erklärte Jeans grinsend. »Und du bist ein großer, starker Mann, der super auf uns aufpassen wird.«

Sanna kicherte leise. Beide Mädchen konnten sich über Phillos Vorstellungen von Jungs und Mädchen immer wieder schief lachen.
»Dann sucht es euch doch selber aus, wen ich wecken soll«, schnaubte Phillo. »Mir ist das völlig egal.«
»Nein, ist schon okay«, beteuerte Sanna und streckte sich genussvoll im Laub aus. »Ich komme ganz gut ohne Wachehalten aus.«
»Geht mir genauso«, stellte Jeans klar und legte sich hin. »Gute Nacht.«
»Du bist ein Idiot, Phillo«, meinte Art kopfschüttelnd. »Trotzdem Gute Nacht.«

Der Mond wanderte auf den Horizont zu und der Himmel wurde langsam immer heller. Phillo sah zu den verblassenden Sternen hinauf. Ganz langsam wurde ihm klar, was eigentlich los war. Die letzten Stunden über waren sie nur damit beschäftigt gewesen, vor etwas davonzurennen. Nun hatte er das erste Mal Zeit, wirklich über ihre Situation nachzudenken.
Egal, wie verrückt es klang, aber die Soldaten, das Wesen mit dem gelben Fell und der Kampf, diese Monster – all das war Wirklichkeit. Sie befanden sich nicht in einem von Jeans' verrückten Computerspielen. Der alte Mann hatte sie tatsächlich in eine andere Welt geschleudert. Und nun mussten sie zusehen, wie sie darin zurechtkamen.
Seltsamerweise schienen ihre neuen Körper dabei recht

hilfreich zu sein. Die ganze Rennerei in dieser Nacht hätten sie nicht geschafft, wenn sie in ihren früheren, menschlichen Körpern gesteckt hätten, da war sich Phillo sicher. Natürlich war er mittlerweile müde, aber nicht mehr als nach einem Tag in der Halfpipe. Und er hätte es normalerweise niemals mit diesem gelben vieräugigen Monster aufnehmen können.
Außerdem, was war mit Art los? Er schien wirklich keine Angst mehr zu kennen. Das war ein Zug, den Phillo schon von ihm kannte – Art war oft nicht fähig eine Gefahr zu erkennen. Die zwei Schläger, vor denen er ihn damals gerettet hatte, wären vermutlich nicht auf seinen Freund losgegangen, wenn er etwas vorsichtiger gewesen wäre. Aber was er in den letzten Stunden gezeigt hatte, war völliger Irrsinn. Phillo beschlich das unheimliche Gefühl, dass sie alle noch etwas über die Körper lernen mussten, in denen sie nun steckten.
Wieder wanderte sein Blick zu den Sternen empor. Eine Weile suchte er nach dem Großen Wagen – das einzige Sternbild, das er kannte –, doch er fand ihn nicht. Entweder ist er gerade nicht zu sehen, ging es ihm durch den Kopf, oder es ist ein anderer Himmel als der, den ich gewohnt bin.
Trotz der allgemeinen Müdigkeit war Phillo nicht der Einzige, der noch eine Weile wach blieb. Auch Jeans konnte nicht einschlafen. Sie lauschte dem ruhigen Atem von Sanna und Art, während sie Phillos Silhouette gegen den Himmel betrachtete. In was war sie hier nur hinein-

geraten? Insgeheim musste sie zugeben, dass sie Angst hatte. Zuerst beruhigte sie sich damit, dass jeder an ihrer Stelle sich Sorgen machen würde. Doch schließlich erkannte sie, dass ihre Angst eigentlich nichts mit Monstern, ihrem neuen Körper oder dieser noch unbekannten Welt zu tun hatte. Nein, sie war unruhig, weil sie gefangen war. Bis jetzt hatte sie mit den anderen nur so lange herumgehangen, wie sie wollte. In dem Augenblick, in dem es ihr zu viel wurde, hatte sie sich immer sofort abgeseilt, um irgendein neues Spiel auszuprobieren. Ob sie wollte oder nicht, sie war auf die anderen angewiesen. Eigentlich vertraute sie darauf, dass sie trotzdem mit ihren Freunden auskommen würde. Aber ein kleiner Zweifel blieb. Erst, als sie ihre Gedanken auf den Alten und seinen Anhänger lenkte, konnte sie endlich einschlafen, während sich der Horizont schon rot färbte.

»Du Trottel«, sagte jemand neben Phillo und rüttelte ihn an der Schulter. Er schrak hoch und starrte in das braune, haarige Gesicht eines Affen. Mit einem Schrei fuhr er zurück und holte zu einem Schlag aus.
»Hey, Moment!«, protestierte Art und wich einen Schritt zurück. »Nur weil ich dich wecke, musst du mich nicht gleich hauen!«
Phillo unterdrückte seine Instinkte mit aller Kraft und zwang sich seine Faust zu öffnen. »Tut mir Leid«, brummte er und rieb sich verlegen die Augen. »Du hast mich erschreckt.«

»Bin ich echt so hässlich?«, fragte Art, ehrlich erstaunt. »Wegen den paar Haaren?«
Mühsam stand Phillo auf und sah auf seinen Freund herunter, während er sich streckte und dehnte.
»Ich kann mir nicht helfen«, kicherte er, »aber du schaust einfach aus, als hätte dich jemand als Affe gezeichnet, und das verdammt gut.«
»Ich bin sehr zufrieden mit meinem Pelz«, erklärte Art würdevoll. »Er hat einen hübschen Goldton.«
»Das stimmt«, meinte Phillo und lachte noch lauter. »Goldton, richtig. Sehr hübsch. Schöne Farbe.«
»Was'n los?«, brummte Sanna und spähte blinzelnd unter dem Felsen hervor. Morgens war sie im Allgemeinen nur zu wenig zu gebrauchen. »Wie spät?«
Art sah zum wolkenlosen Himmel hinauf und versuchte den Stand der Sonne einzuschätzen. »Mittag, schätze ich«, erklärte er. »Ich würde es dir gerne genauer sagen, aber meine Uhr ist weg. Muss sie irgendwo verloren haben – Phillo, verdammt, hör auf zu lachen oder ich mache einen Gürtel aus dir!«
»Meine ist auch verschwunden«, ließ sich Jeans' raue Stimme vernehmen. Sie machte sich nicht die Mühe, den Kopf zu drehen, sondern blieb zusammengerollt im Laub liegen. »Muss was mit unserem Sprung hierher zu tun haben.«
»Was meinst du damit?«, fragte Art interessiert und fing an in seinen Taschen zu kramen.
»Habe mir gestern noch ein paar Gedanken gemacht«,

brummte sie und streckte sich gähnend. »Wisst ihr noch, wie der Anhänger zu glühen angefangen hat, bevor wir hier gelandet sind? Ich denke mir, dass er so was wie eine Zeitmaschine ist. Und eine anständige Zeitmaschine sorgt dafür, dass nichts durcheinander geraten kann, versteht ihr?«

»Mein Feuerzeug ist weg«, stellte Art verblüfft fest. »Und der Geldbeutel mit meinen ganzen Karten auch.«

»Das Zeug würde auch schlecht hierher passen«, sagte Phillo langsam. »Ich glaube, ich weiß, was du meinst. Was auch immer uns hierher gebracht hat, es hat nichts mitgenommen, was es nicht schon in dieser Welt gibt.«

»Gratuliere«, brummte Jeans und krabbelte ächzend unter dem Felsen hervor. Phillo und Art musterten sie interessiert. Im Sonnenlicht konnten sie sehen, dass Jeans' Haare wirklich fast gleich geblieben waren. Nur das Rot war nun nicht mehr mit Henna hineingefärbt, sondern schien echt zu sein. Auch ihre Augen hatten immer noch dasselbe Grün wie früher. Das Seltsamste aber war ihre Haut. Die Tätowierungen hatten sie auch im Mondlicht sehen können, doch sie hatten nicht bemerkt, dass der Rest des Körpers nun genauso feuerrot war wie ihre Haare.

»Hugh«, sagte Art und hob seinen Arm. »Ich grüße dich, Die-mit-den-Blättern-im-Haar. Brauner Affe wünscht seiner roten Schwester Frieden.«

»Muss der morgens schon so einen Unsinn reden?«, fragte Jeans gähnend und sah Phillo an. Sie musste sich immer wieder bewusst machen, dass diese schwarz gepanzerte Echse wirklich ihr Freund war. Wenigstens schienen seine Augen am Tage nicht mehr zu leuchten, sondern hatten einfach eine unheimliche gelbe Farbe. Trotzdem musste sie nur seine schmalen Finger mit den grauen langen Krallen ansehen, um einen leichten Schauer zu spüren. Daran würde sie sich noch gewöhnen müssen.

»Du siehst einfach nur so aus, als wärst du zu lange in der Sonne gewesen«, stellte Phillo lachend fest. Jeans betrachtete stirnrunzelnd ihre Arme.

»In Ordnung«, sagte sie, »ich bin eine echte Rothaut. Aber eine verdammt gut durchtrainierte«, fügte sie zufrieden hinzu, als sie die Muskelstränge an ihren Unterarmen spielen ließ.

»Das sind wir alle«, erklärte Phillo. »Unsere neuen Körper machen wirklich nicht den Eindruck, als wären sie es gewohnt, den halben Tag in der Schule zu hocken.«

»Aber meiner ist es auch nicht gewohnt, zu verdursten«, meldete sich Sanna dumpf und kroch ebenfalls ans Tageslicht. »Ich brauche unbedingt was zu trinken. Was guckt ihr denn so?«

Es dauerte eine Weile, bis sich die anderen von ihrem Anblick losreißen konnten.

»Deine Augen«, brachte Art schließlich hervor. »Sie sind irgendwie . . . ich weiß nicht.«

»Was ist denn?«, fragte Sanna und rieb sich verwirrt mit den Händen über das Gesicht.

»Sie sind – so blau«, erklärte Jeans und ihre Stimme verriet, dass sie tatsächlich ein wenig neidisch war. Ein kurzer Blick hatte ihr gezeigt, dass es nicht nur ihr so ging. Phillo und Art stierten Sanna an wie unter Hypnose. Wenn sie ehrlich war, verstand sie das ganz gut. Alleine mit der braunen Haut, den schwarzen Haaren und diesem fein geschnittenen Gesicht war Sanna wirklich eine Schönheit. Aber ihre Augen strahlten und funkelten im Sonnenlicht wie blaue Sterne und selbst Jeans war hingerissen von diesem überirdischen Glanz. Man hatte das Gefühl, durch diese Augen in ein geheimes Paradies blicken zu können.

Verärgert riss sie sich schließlich los. »Sie sind nur wirklich sehr blau«, wiederholte sie knapp.

Sanna zuckte die Achseln. »Blaue Augen. Wie schön. Sag mal, Phillo, hast du überhaupt geschlafen? Oder hast du die ganze Nacht Wache gehalten?«

»Er hat schon geschlafen«, beruhigte Art sie grinsend. »Ich weiß zwar nicht genau, wie lange, aber ich habe ihn erst vor ein paar Minuten geweckt.«

»Sehr gut!«, prustete Jeans los. »Dann halten wir beide morgen Wache, Sanna. Das müssten sogar wir Mädchen schaffen, oder?«

»Verdammt, es tut mir Leid«, schnauzte Phillo. »Ich bin eingeschlafen, okay. Aber das spielt doch keine Rolle mehr. Wir müssen dringend was zu trinken organisieren. Ich bin völlig ausgetrocknet.«

»Schon okay. Ich wundere mich bloß, dass ein so harter Kerl von der Straße einfach einschläft, wenn er doch

zwei Mädchen beschützen muss«, stichelte Jeans, während Phillos Augen gelb zu glühen begannen.
»Ist ja nichts passiert und von uns wollte schließlich keiner wach bleiben«, griff Sanna hastig ein.
»Von mir aus«, lenkte Jeans ein und klopfte Phillo auf den schuppigen Rücken. »Na komm, Godzilla, nicht böse sein. Wir stehen alle ein bisschen unter Stress.«
»Das kannst du laut sagen«, schnaubte er und musste schließlich selbst grinsen. »Wo wollen wir denn langgehen?«, lenkte er das Gespräch wieder auf das ursprüngliche Thema zurück.
»Nicht besonders kompliziert«, meinte Art. »Hinter uns sind diese unangenehmen weißen Kerle. Ich würde sagen, wir gehen in die entgegengesetzte Richtung weiter.«
»So einfach wie genial«, kommentierte Jeans und die Freunde marschierten los.

Eine gute Stunde später hatten sie die Senke wieder verlassen und standen nun auf einem sanft geschwungenen Hügel. Um sie herum neigten sich einzelne verkrüppelte Bäume in der sanften Nachmittagsbrise und sie machten eine kurze Pause. Vor ihnen erstreckte sich eine dicht bewaldete Hügellandschaft, die in der glühenden Sommersonne einen schläfrigen Frieden ausstrahlte.
»An sich ja wunderschön«, krächzte Sanna und wischte sich den Schweiß von der Stirn. »Mit einem kleinen Fluss wär's noch schöner.«

»Oder mit einem kühlen, stillen Waldsee«, schwärmte Jeans. »Ihr wisst schon – so zum Reinspringen und Rumplantschen.«

»Mir wäre schon mit einem Colaautomaten gedient«, stellte Art fest. »Zur Not täte es auch eine schlichte Wasserleitung.«

Phillo sagte nichts dazu. Er hatte den Eindruck, dass ihm der Wassermangel bei weitem an wenigsten von allen zu schaffen machte, egal, was er vorher gesagt hatte. Wahrscheinlich einfach deshalb, weil er nicht schwitzte.

Müde und schweigsam zogen die Freunde weiter, bis die dunklen Wälder sie verschluckt hatten. Der Schatten machte die Hitze etwas erträglicher, aber dennoch stolperten sie zuletzt nur noch mutlos weiter. Die Sonne neigte sich schon wieder dem Horizont zu, als Jeans' Traum tatsächlich wahr wurde: Vor ihnen blinkte zwischen den Bäumen die glatte Oberfläche eines kleinen dunklen Sees. Ganze Schwärme von Libellen erhoben sich erschrocken von den Wasserrosen, als die vier erleichtert zum Wasser stürzten und tranken, bis sie zu platzen glaubten. Eine Weile plantschten sie noch herum, bis sie endlich genug hatten und ihnen zu kalt wurde.

Als die letzten Strahlen der Abendsonne zwischen den Baumblättern hindurchschienen, lagen die Freunde im Moos am Rand des Sees und ruhten sich endlich aus. Glücklich genossen sie das Gefühl, sauber zu sein und keinen Durst mehr zu haben. Nach einer Weile ging Jeans ein Stück weit weg, um sich zu erleichtern. Dabei entdeckte sie einen Abhang voller Heidelbeeren in der Nähe und die Freunde stopften sich mit den sauren Früchten so lange voll, bis sie zu platzen meinten.

»Wenn wir jetzt noch Schlafsäcke und Isomatten hätten, wäre alles perfekt«, verkündete Art, als sie sich wieder am Seeufer niederließen und die letzten Sonnenstrahlen genossen.

Sanna richtete sich auf und starrte auf den See hinaus. »Stimmt leider nicht ganz«, sagte sie leise.

»Wieso?«, fragte Phillo stirnrunzelnd. »Was ist los?«

»Ich denke darüber nach, wo wir hier sind.«

»Das werden sich meine Eltern vermutlich auch fragen«, seufzte Jeans. »Die sterben jetzt gerade vor Angst, haben die Polizei alarmiert und analysieren, welche Störung mich umtreibt.«

»Mist!«, rief Art und richtete sich erschrocken auf. »Meine Leute drehen bestimmt auch gerade durch! Ich muss echt nach Hause.«

Sanna zuckte die Schultern. »Darüber mache ich mir keine großen Gedanken«, erklärte sie. »Trotz allem werden unsere Eltern schon nicht sterben, weil wir weg sind. Erstens werden sie sich gegenseitig anrufen. Dann finden sie heraus, dass wir zu viert verschwunden sind, und schon machen sie sich nicht mehr solche Sorgen. Und zweitens haben wir jetzt einfach keine Möglichkeit, wieder nach Hause zu kommen. Wir haben nicht darum gebeten, hier zu sein. Dieser Alte hat uns hierher geschickt, ohne uns zu fragen. Also trifft uns keine Schuld an der ganzen Sache. Nein, ich meine etwas anderes.«

»Wo wir hier sind«, griff Jeans den Faden wieder auf. »In irgendeiner Welt halt.« Sie musste über ihre eigenen Worte lachen. »Ihr wisst schon – eine von den vielen uns so gut bekannten anderen Welten.«

»Noch mal falsch«, schüttelte Sanna den Kopf und sah sie an. »Habt ihr euch eigentlich schon gefragt, in wessen Körper ihr steckt?«

Die anderen drei sahen sich unbehaglich an. »Du meinst«, platzte Art heraus, »ob uns unsere Körper wirklich gehören?«

Sanna sagte. »Ich hatte gestern Nacht im Wald verschiedene Ahnungen – dieses gelbe Monster, das mich töten wollte, zum Beispiel. Ich wusste einfach, dass es kommt. Woher? Was ist, wenn ich es nicht selber gespürt habe, sondern wenn die eigene Besitzerin von diesem Körper mich nur gewarnt hat?«

»Cool!«, lachte Art. »Wir sind Zombies! Besessen!«

»Echt stark«, schnaubte Jeans. »Das war schon immer mein Traum.«

Sie redeten noch eine ganze Weile darüber, während die Nacht sich über den Wald senkte. Mit unterschiedlichen Gefühlen kuschelten sie sich schließlich im Schutz eines dichten Gebüsches aneinander, um sich gegenseitig zu wärmen.

JEANS wachte auf, als eine Ameise versuchte in ihr Nasenloch zu krabbeln. Leise fluchend, knetete sie an ihrer Nase herum, um das schreckliche Kitzeln loszuwerden, und sah sich um. Ihre Freunde schliefen noch tief und fest. Der Tag war bereits angebrochen, doch am Himmel standen dicke graue Regenwolken und der Wind rauschte immer stärker durch die Bäume.

»Das fehlt gerade noch«, brummte Jeans und rappelte sich hoch. »Hey, Leute! Aufstehen, es fängt bald an, zu regnen.« Sachte stieß sie die anderen mit den Füßen an, bis sie die Augen öffneten.

»Lass mich in Ruhe«, murmelte Sanna im Halbschlaf und drehte sich von ihr weg. »Ich muss noch schlafen. Der Präsident hat gesagt, ich soll diese verdammte Giraffe füttern.«

»Was?«, fragte Art, stemmte sich auf die Ellenbogen und sah verblüfft auf Sanna herunter. »Welche Giraffe?«

»Die schwarze natürlich, du Idiot«, nuschelte Sanna genervt und rollte sich noch enger zusammen.

»Wenn das so ist, wird sie wirklich nicht aufstehen können«, meinte Phillo lachend und gähnte. »Die schwarze Giraffe geht natürlich vor.«

»Herrgott noch mal«, knurrte Jeans und schüttelte Sanna unsanft an der Schulter. »Es regnet gleich, verstehst du mich? Es regnet!«

»Geht's nicht noch ein bisschen sanfter?«, schnaubte Sanna und starrte wütend zu ihr empor. »Ich bin doch wach. Warum weckst du mich eigentlich?«

»Das ist nicht zu fassen«, stellte Jeans hilflos fest und sah die Jungs an. »Ich meine, habt ihr so was schon mal erlebt?«

»Klar, bei Sanna«, sagten Art und Phillo wie aus einem Mund.

Die Wolken ballten sich immer dichter zusammen, als die Freunde hastig ihr Frühstück in den Heidelbeersträuchern zusammensuchten.

»Als Nächstes würde ich mir einen Schinkenbrotbaum wünschen«, teilte Art den anderen mit. »Dieses Zeug macht nicht wirklich satt.«

»Ist aber sehr gesund«, erwiderte Sanna schulterzuckend. Sie war immer noch schlecht gelaunt, als sie weiterzogen, um sich einen Unterstand zu suchen. Eine halbe Stunde später klatschten die ersten dicken Tropfen herunter und dann brach ein scheußlicher Platzregen los, der die Kleider der Freunde nach wenigen Minuten völlig durchnässt hatte.

»Phillo und Art haben es gut«, stellte Sanna fest. Ihr Haar klebte ihr im Gesicht. »Der eine hat ein Fell, der andere Schuppen. Warum haben gerade wir zwei eine normale Haut?«

»Vieh bleibt Vieh, Mensch bleibt Mensch«, erklärte

Jeans missmutig. Sie konnte Regen einfach nicht ausstehen.

»Ich fresse einen Besen, wenn die Haut von Jeans normal ist«, warf Art grimmig ein. Sein Fell schien sich unter seinen viel zu weiten Kleidern geradezu voll zu saugen. Dass es ihm besonderen Schutz vor dem Regen geboten hätte, konnte er nicht behaupten.

»Um euch aufzuheitern«, mischte sich Phillo grinsend ein, »mir macht der Regen wirklich nichts aus. Ich merke zwar, dass es etwas kälter ist, aber das Wasser perlt einfach an mir ab.«

»So wie das Zeug, das man dir in der Schule erklären will, meinst du?«, fragte Jeans zuckersüß. »Wie schön für dich.«

»Allerdings«, schnappte er und marschierte weiter. Sanna warf ihrer Freundin einen gequälten Seitenblick zu. Warum Jeans nur immer gleich so fies werden musste, wenn Phillo einmal einen Witz auf ihre Kosten machte?

Im Laufe des Tages lichtete sich der Wald ein wenig. Immer wieder ragten zwischen den Bäumen kleine Felshügel auf und zuletzt gelangten die Freunde in eine schmale Schlucht, deren Felswände vom Regen dunkel glänzten.

»Ich hoffe nur, dass wir hier auch wieder irgendwo rauskommen«, meinte Phillo und sah skeptisch an den steilen Hängen empor. »Ansonsten müssen wir am En-

de wieder zurückgehen. Hier können wir nicht hochklettern.«
»Mir würde es schon reichen, wenn wir erst einmal einen Unterschlupf fänden«, stellte Sanna schlotternd fest. Sie hatte die Arme um den Leib geschlungen und stapfte missmutig hinter den anderen her. Sie war nass bis auf die Unterwäsche und in ihren Schuhen stand buchstäblich das Wasser. Wenigstens passten sie ihr noch. Art und Phillo hatten ihre Schuhe schon an der Stelle stehen lassen müssen, an der sie in diese Welt gekommen waren. Doch Phillo war der Regen sowieso egal und auch Arts ledrige Fußsohlen wirkten nicht so, als bräuchte er noch etwas anderes. Jeans und sie hatten ihre Klamotten zwar noch, aber das leichte Sommerzeug war nicht gerade der richtige Schutz gegen diesen Dauerregen.
Endlich fanden sie einen Felsvorsprung, unter dem sie alle einigermaßen Platz fanden. Zitternd kauerten sich die Mädchen zwischen Art und Phillo, während der Regen sich am Boden der Schlucht in großen Pfützen sammelte.
»Gestern Abend dachte ich noch, die ganze Sache könnte ein Spaß werden«, brummte Jeans und versuchte ihre roten Haarzotteln auszuwringen. Stattdessen sterbe ich jetzt an einer Lungenentzündung.«
»Aber lass dir keine grauen Haare wachsen. Auch wenn du gestorben bist – das Leben geht weiter«, witzelte Art.
»Das finde ich nicht sehr komisch«, sagte Sanna stirnrunzelnd. »Für meinen Geschmack waren wir schon zu

oft zu nahe daran. Und wenn es etwas gibt, worauf ich verzichten kann, dann auf einen vorzeitigen Tod in einer fremden Welt.« Hier musste sogar sie grinsen. »Meine Eltern würden mir das nie verzeihen.«

»Um Jeans zu retten, werden wir irgendwann mal ein Feuerzeug oder so etwas auftreiben müssen«, überlegte Phillo. »Ich meine, wenn wir ein Feuer anmachen könnten, hätten wir gleich ein paar Probleme weniger. Dann müssten wir uns keine Sorgen um wilde Tiere machen, wir könnten etwas kochen und wir hätten Licht.«

»Bis jetzt bin ich nicht dazu gekommen, mir auch noch um wilde Tiere Sorgen zu machen«, warf Jeans ein. »Aber ein Feuer wäre schon wirklich sehr angenehm.«

»Es hilft alles nichts«, stellte Sanna fest. »Wir müssen zusehen, dass wir Menschen treffen, die uns helfen. Alleine kommen wir nicht mehr weiter.«

»Den König zum Beispiel«, schlug Art vor. »Ihr wisst schon – der, von dem der Alte geredet hat. Den wir warnen sollen, weil dieser andere Kerl irgendwas hat.«

»Stimmt«, rief Jeans. »Das hatte ich völlig vergessen. Was war das eigentlich noch mal? Was hat er gesagt?«

»Dass wir den König vor einem Typen namens Darken warnen sollen«, sagte Sanna und dachte nach. »Weil er das Bronzeschwert hat oder so. Ich weiß es auch nicht mehr genau.«

»Und wo soll dieser König sich rumtreiben?«

»Genau deswegen müssen wir jemanden finden, der uns das sagen kann.«

»Aber hier ist doch keine Sau«, brummte Jeans missmutig.
»Du vergisst diesen Mistkerl mit seinen Soldaten«, erinnerte Phillo sie und starrte abwesend in den Regen hinaus. »Es gibt hier in der Nähe Menschen und wir werden sie schon finden.«
»Aber was ist, wenn wir in die falsche Richtung laufen?«
»Dann haben wir halt Pech gehabt. Verdammt, wir werden schon noch jemanden treffen!«

Auch als der Abend hereinbrach, hatte der Regen noch nicht nachgelassen. Schweigend drängten sich die Freunde aneinander und schliefen schließlich trotz Kälte und Hunger ein. Jeans hatte sich an Phillo gelehnt und schnarchte leise. Art hatte irgendwann seinem Gefühl nachgegeben und die nassen Kleider einfach ausgezogen. Kurze Zeit später stellte er fest, dass er ein Idiot gewesen war. Sobald sein Fell nicht mehr von den Kleidern zusammengedrückt wurde, wurde ihm plötzlich wieder warm und er konnte endlich einschlafen.
Die Einzige, die nicht richtig schlafen konnte, war Sanna. Schlotternd umschlang sie die Knie und betete, dass der Tag und vor allem die Sonne bald kamen. Die Nacht war so dunkel, dass sie nicht einmal die andere Seite der Schlucht sehen konnte. Außer dem Plätschern des Regens war nicht das leiseste Geräusch zu hören. Sanna konnte sich auch nicht vorstellen, dass irgend-

ein lebendes Wesen sich bei diesem Wetter aus seinem Bau wagte.
Neben ihr schlief Art, zu einer pelzigen Kugel zusammengerollt. Sanna zögerte kurz, doch dann drängte sie sich nahe an ihn heran und genoss die Wärme, die sein Fell ausstrahlte. Sie war fast eingeschlafen, als ein Geräusch sie zusammenzucken ließ.
Vorsichtig richtete sie sich auf und spähte in die Finsternis. Ihr Magen krampfte sich zusammen, als sie dutzende kleiner Augenpaare in der Nacht blinken sah. Ohne ihren Blick von den grün leuchtenden Punkten abzuwenden, schüttelte sie Art an der Schulter.
»Was'n los?«, murmelte er und richtete sich gähnend auf.
»Da ist was«, wisperte Sanna. »Da sind irgendwelche Tiere.«
Art spähte in den Regen hinaus. »Stimmt«, stellte er nur fest. »Das sind doch Augen, oder? Hallo! Wer ist denn da?«
»Sei doch still!«, schnauzte Sanna entgeistert. »Bist du wahnsinnig?« Sie rüttelte Jeans hektisch am Bein, die sofort hochfuhr und sich mit zusammengekniffenen Augen umsah.
»Nein, müde«, erwiderte Art und stand auf. »Was diese Viecher bloß von uns wollen?«
»Hoffentlich nichts zu essen«, sagte Jeans nur und machte sich daran, Phillo aufzuwecken. Kaum hatte er die Augen geöffnet, als eine krächzende Stimme durch

die Nacht hallte: »Ihr euch ergeben! Oder wir töten euch!«
»Was war denn das?«, grollte Phillo und richtete sich auf. Seine Augen leuchteten gelb in der Dunkelheit. »Haben wir Besuch?«
»Allerdings.« Jeans nickte düster. »Und ich fürchte, wir haben nicht genug Stühle.«
»Was ihr wollen?«, schrie Art zurück. »Wer ihr . . .«
Diesmal war es Sanna, die ihm den Mund zuhielt.
»Was sollen wir jetzt machen?«, fragte sie mit zitternder Stimme und sah sich um. In der ganzen Schlucht leuchteten diese Augen durch die Nacht. »Sie haben uns umzingelt.«
»Ergeben werden wir uns nicht«, stellte Phillo fest. »Wir sollten warten, ob sie sich überhaupt trauen uns anzugreifen.«
»Und wenn sie sich trauen?«, zischte Jeans. »Dann sagen wir, dass wir nur Spaß gemacht haben, ja?«
»Dann kämpfen wir«, erklärte Phillo, ohne mit der Wimper zu zucken.
Jeans und Sanna wechselten einen Blick. »Sich ergeben hört sich aber auch nicht besonders toll an«, meinte Jeans leise.
»He!«, krächzte wieder die fremdartige Stimme. »Ihr euch ergeben. Jetzt! Oder ihr tot!« Keiner sagte etwas. *»Oghmar-ar-khaz!«*, schrie das Wesen und plötzlich kamen die Augen auf sie zu.
»In Ordnung!«, knurrte Phillo und sprang mit einem

dumpfen Brüllen unter dem Felsvorsprung hervor. Sofort prallte er auf mehrere Gegner und begann auf sie einzuschlagen. Sein Wutschrei vermischte sich mit mehrfachem wütendem Kreischen und dann fielen die Wesen über die anderen drei Freunde her.

Bevor er wusste, wie ihm geschah, traf Art ein harter Schlag am Kopf. Benommen taumelte er zur Seite und ein zweiter Schlag ließ ihn in schmerzende Bewusstlosigkeit sinken. Sanna versuchte sich an den Schatten vorbeizudrängen, die auf sie zustürmten. Doch eine Schulter rammte sich in ihren Magen und sie fiel mit einem Schrei zu Boden. Bevor sie sich wieder aufrappeln konnte, ließen sich mehrere Wesen auf sie fallen, sodass sie kaum noch Luft bekam.

Einzig Jeans schaffte es außer Phillo überhaupt, unter der Felsspalte hervorzukommen. Sie hörte Sannas Schrei und dumpfe Wut brodelte in ihr hoch. Plötzlich hielt sie einen faustgroßen Stein in der Hand, mit dem sie auf jedes der Wesen einschlug. Schmerzensschreie ertönten und die grünen Augen wichen kurz vor ihr zurück, bevor sie wieder näher kamen. Einige Meter von ihr entfernt, wütete Phillo wie ein Berserker. Wo immer seine Fäuste trafen, schrie eines der Wesen auf und wich zurück. Doch es waren einfach zu viele und irgendwann traf ihn ein Schlag in die Nieren. Vor Schmerz stöhnend, ging er in die Knie. Sofort fielen mehrere seiner Feinde über ihn her, bis er unter ihrer Last völlig zu Boden gedrückt wurde.

Währenddessen wehrte sich Jeans mit ihrem Stein und wütenden Schreien gegen die Angreifer. Sie presste ihren Rücken gegen die äußere Wand der Schlucht und versuchte möglichst viel Abstand zwischen sich und den Wesen zu schaffen. Dabei entfernte sie sich immer weiter von dem Felsvorsprung, unter dem Art und Sanna lagen.

»Phillo!«, schrie Jeans, als sie erkannte, dass immer mehr grüne Augenpaare sich ihr näherten. »Verdammt, hilf mir!«

Mehrere schleimige Körper pressten Phillo in eine Pfütze und eine Flut von Schlägen hagelten auf ihn ein. Sosehr er sich auch wehrte, er kam nicht wieder hoch. Doch dann hörte er Jeans um Hilfe rufen. Mit aller Kraft rollte er sich zur Seite, schlug und biss um sich. Dann endlich war er wieder frei und sprang auf.

»Phillo!«, brüllte Jeans erneut. »Ich schaffe es nicht mehr lang!«

Völlig von Sinnen, prügelte sich Phillo durch die Reihen der Wesen, in die Richtung, aus der Jeans' Stimme kam. »Ich komme!«, rief er, als er sie in der Dunkelheit endlich erkennen konnte. Sie stand gegen die Felswand gedrängt da und wurde von fünf der schrecklichen Wesen belagert.

»Hau ab, Jeans!«, brüllte er, als ihn erneut ein Schlag am Oberschenkel traf und er zusammensackte. »Hol Hilfe, verdammt!«

Jeans stand da und starrte in die grünen Augen um sich

herum. Immer enger zog sich der Kreis ihrer Gegner. Doch dann wandten sie sich von ihr ab und stürzten Phillo entgegen. In dem Moment befahl Phillo ihr nochmals sich aus dem Staub zu machen. Einen kurzen Moment lang zögerte sie. Sie wollte ihre Freunde nicht im Stich lassen. Erst in dem Augenblick, als Phillo unter der Masse der Angreifer hinfiel, wurde ihr klar, dass sie nun die einzige Rettung für die Freunde war.

»Ich komme wieder!«, schrie sie und rannte die Schlucht entlang. Den Stein schleuderte sie einem einzelnen Augenpaar entgegen, das ihr noch im Weg war. Mit einem dumpfen Stöhnen sackte das Wesen zu Boden und Jeans setzte darüber hinweg. Ein wahrer Rausch überkam sie, als ihre ganze Wut und Angst plötzlich zu Bewegung wurde. Sie spürte weder Regen noch Kälte, als sie so durch die Dunkelheit hetzte. Immer weiter rannte sie, ohne auch nur einmal zurückzublicken. Und sie lief immer noch, als sie das Ende der Schlucht erreicht hatte, der Morgen graute und der Regen langsam nachließ.

Arts Kopf hatte sich in ein Wespennest verwandelt, als er aufwachte. Stöhnend versuchte er sich hinzusetzen. Doch seine Arme waren hinter seinem Rücken gefesselt worden. Dann fiel ihm wieder ein, wer er derzeit war und wo – nein, er wusste nicht, wo er sich befand. Er rollte sich auf den Bauch, zog die Knie an und richtete sich langsam auf. Vorsichtig drehte er seinen schmerzenden Schädel hin und her. Sobald sich das Summen ein wenig beruhigt hatte, sah er sich um.

Neben ihm lagen Sanna und Phillo am Boden und regten sich nicht. Auf den Knien rutschte er näher und beugte sich zu ihnen hinunter. Er hielt kurz den Atem an, um zu lauschen, und stellte beruhigt fest, dass sie noch atmeten. Einen Moment überlegte er, ob er sie aufwecken sollte, aber dann entschied er sich dagegen. An ihrer Situation konnte das auch nichts ändern. Sie befanden sich in einem Käfig aus armdicken Holzstäben, die mit derben Seilen zusammengebunden waren.

Der Käfig selbst stand in der düsteren Ecke einer großen Höhle, in deren Mitte ein gewaltiges Feuer brannte. Die Decke wurde gestützt von dicken Holzbalken, die in einer wirren Konstruktion kreuz und quer durch die Höhle ragten. Um das große Feuer herum standen etwa dreißig Gestalten, die schon fast komisch wirkten in ihrer Hässlichkeit. Ihre Leiber waren so fett, dass sie wie Kugeln aussahen. Die Köpfe waren ebenfalls klein und rund und schienen in den Körpern geradezu zu versinken. Arme und Beine der Wesen waren dagegen spindeldürr. Art hatte den Eindruck, Schneemänner auf Stelzen zu sehen, die man mit einer grauen, feucht glänzenden Haut überzogen hatte.

Er konnte sich kaum vorstellen, dass dies die Wesen waren, die sie überwältigt hatten. Doch die grünen Augen waren dieselben, wie er erkannte, als eines der Wesen mit einem seltsam gierigen Gesichtsausdruck zu ihrem

Käfig herübersah. Und außerdem hielten die meisten von ihnen dicke Knüppel in den Händen.
Neugierig beobachtete er die grauen Gestalten, wie sie eine seltsame Konstruktion aus zwei Holzgestellen und einer langen Metallstange um das Feuer aufbauten. Endlich erkannte er, worum es sich hier handelte. Diese Monster bauten einen gewaltigen Bratspieß auf! Vielleicht sollte er Sanna und Phillo doch wecken. Eilig rutschte er zu den beiden hinüber und stieß sie mit den Knien an.
»Hey, aufwachen!«, rief er. »Es gibt gleich Essen. Hallo, wacht auf!«
Endlich regte sich Sanna und blinzelte zu ihm hoch. »Essen? Kann nicht. Hab Kopfweh«, murmelte sie und schloss die Augen wieder.
»Aber wir sind das Essen«, teilte Art ihr mit und lachte über seinen Witz. »Diese Typen wollen uns grillen.«
»Was?«, brummte Phillo, ohne auch nur ein Lid zu bewegen. »Denk dir was anderes aus.«
»Moment mal, die bauen gerade den Bratspieß auf«, protestierte Art. »Schau es dir doch selber an, du Depp!«
Diesmal öffnete Phillo die Augen und sah Art an. Im nächsten Moment war er dabei, sich hektisch aufzurappeln. »Verdammter Mist!«, keuchte er und starrte das Feuer und die graue Versammlung an. »Wir müssen hier raus! Art hat Recht!«
Jetzt fuhr sogar Sanna hoch, verlor das Gleichgewicht und fiel wieder auf die Seite. »Sagt, dass das nicht wahr

ist!«, keuchte sie und kam endlich auf die Knie. »Die wollen uns nicht wirklich fressen!«
»Ich fürchte doch«, knurrte Phillo. »Los, Art, versuch meine Fesseln aufzumachen! Sanna, knie dich so hin, dass diese Kerle nicht sehen können, was wir machen!«
Hastig schob sich Sanna vor ihre beiden Freunde und schirmte sie vor den Blicken der grauhäutigen Monster ab, die mit großer Sorgfalt ihren Grill fertig stellten. Art und Phillo knieten Rücken an Rücken da und streckten sich die Arme entgegen.
»Ich habe ihn«, erklärte Art zufrieden, als seine Finger den Knoten an Phillos Fesseln ertasteten. »Mist, ist das Ding fest angezogen!«
»Beeil dich«, zischte Sanna. »Sie kommen.«
Phillo warf einen kurzen Blick über die Schulter. Tatsächlich, diese Wesen waren mit dem Aufbau ihrer Küche fertig und einige von ihnen näherten sich mit seltsam staksenden Schritten ihrem Käfig. »Verdammt, nun mach schon!«, drängte er. »Sie sind gleich da!«
»Ich krieg das verfluchte Ding nicht auf«, stöhnte Art verbissen und zerrte mit aller Kraft an dem groben Strick. Doch seine schmalen Finger waren einfach zu schwach. »Warum machst du nicht meine auf?«
»Weil dafür keine Zeit mehr ist«, erwiderte Sanna mit zitternder Stimme. »Sie sind schon da.«
Die grauen Monster hatten den Käfig erreicht und spähten grinsend zwischen den Holzstäben hindurch. Einer von ihnen machte sich an der groben Käfigtüre zu schaf-

fen und schob die Riegel zurück, die sie versperrten. Sanna schloss die Augen und sandte ein Stoßgebet gen Himmel, dass Art endlich Phillos Fesseln aufbekam.

»Art, jetzt oder nie«, raunte Phillo.

»Ich schaffe es nicht«, erklärte Art bedauernd und zerrte ein letztes Mal an dem Strick.

Ohne hinzusehen, stellte Sanna sich den Strick vor und half Art in Gedanken, an dem Knoten zu ziehen. Ein seltsames Kribbeln erfüllte ihren Hinterkopf. Auf einmal löste sich der Knoten wie von selbst und Art hielt das zerfaserte Ende des derben Taus in der Hand.

In diesem Moment stieß eines der Wesen die Türe auf und trat in den Käfig. In der Hand hielt es stolz ein großes, rostiges Fleischerbeil. Phillo spürte, wie der Druck um seine Handgelenke nachließ, und sprang dem Monster mit einem wütenden Schrei entgegen, ohne auch nur eine Sekunde zu zögern.

Der Morgen dämmerte bereits grau am wolkenverhangenen Horizont, als Jeans endlich zu rennen aufhörte. Das Herz schien ihr in der Brust zerreißen zu wollen und ihre Kleider dampften in der Kälte vor Schweiß.

Sie hatte nicht die leiseste Ahnung, wie weit sie gelaufen war. Um sie herum erstreckte sich ein tiefgrüner Wald, der von Felsen und kleinen Flüssen unterbrochen wurde. Die Landschaft war wild und wunderschön, aber Jeans hätte ihren Arm für eine menschliche Stimme hergegeben. Tränen schossen ihr in die Augen, als sie sich

hinsetzte und ihre schmerzenden Beine massierte. Sie konnte einfach nicht mehr.
Aber sie musste schließlich Hilfe finden, um die anderen aus den Händen dieser grünäugigen Wesen zu befreien. Verzweifelt rappelte sie sich noch einmal auf und lief weiter. Nach wenigen Schritten verweigerten ihre Beine endgültig den Dienst. Völlig erschöpft brach sie zusammen und warme Dunkelheit hüllte sie ein.

»Ich denke, sie kommt zu sich«, sagte eine Stimme neben ihr. »Gib mir mal das Wasser rüber. So, trink etwas, Kleine!«
Ein harter Gegenstand wurde zwischen ihre Lippen gedrückt und wunderbar kaltes Wasser füllte ihren Mund. Gierig trank sie, während sie langsam wieder zu Bewusstsein kam. Sie lag in dem kräftigen Arm eines Mannes und um sie herum hörte sie noch andere Stimmen und das Schnauben von Pferden.
»Was ist los?«, murmelte sie und blinzelte in das verschwommene Gesicht direkt vor ihr.
»Keine Ahnung«, erwiderte der Mann leise lachend. »Wir haben dich hier gefunden, als du tief und fest geschlafen hast. Was macht eine deines Volkes denn in dieser Gegend?«
»Wer sind Sie?«, fragte Jeans schwach, während ihr Blick wieder schärfer wurde. Ihr Retter sah aus grauen Augen auf sie herunter, in denen es fröhlich blitzte. Sein vernarbtes Gesicht wurde von einem kurz geschnitte-

nen Bart umrahmt, der dieselbe hellbraune Farbe hatte wie seine wirren Locken. Er mochte etwa fünfundzwanzig Jahre alt sein und Jeans musste zugeben, dass er verdammt gut aussah.

»Ich bin Ivir, Kapitän der herzoglichen Garde«, erwiderte er fröhlich. »Und dein Name?«

»Angela«, stellte sich Jeans vor und befreite sich aus dem Arm des Mannes. Während sie taumelnd aufstand, holten die Erinnerungen sie ein. »Sie müssen meinen Freunden helfen!«, platzte sie heraus. »Wir sind von diesen Biestern mit den grünen Augen überfallen worden und jetzt haben sie meine Freunde gefangen genommen.«

»Wer sind deine Freunde und was waren das für Biester?«, fragte Ivir plötzlich interessiert.

»Wir waren zu viert«, erklärte Jeans, während sie sich umsah. Außer Ivir waren noch zehn weitere Männer da, die auf ihren Pferden saßen und aufmerksam auf sie herabsahen. Unter ihren grünen Umhängen trugen sie silbern glitzernde Kettenrüstungen und in ihren Gürteln steckten lange Schwerter.

In Jeans' Kopf drehte sich alles und ihre Beine schmerzten furchtbar. »Wir haben in dieser Schlucht geschlafen und im Dunkeln haben sie uns dann angegriffen. Ich konnte wegrennen, weil Phillo . . . ach, verdammt! Helfen Sie mir, bitte!«

»Wie weit ist denn diese Schlucht von hier entfernt?«, erkundigte sich einer der Männer.

»Keine Ahnung«, sagte Jeans und machte eine hilflose Handbewegung. »Ich denke, ich bin drei Stunden lang durch die Gegend gerannt.«

»Das werden diese verdammten Grauhäuter gewesen sein«, vermutete der Soldat. »Die haben dort irgendwo ihren Bau. Und vier Unbewaffnete sind doch für die ein gefundenes Fressen.«

»Findest du den Weg zurück?«, fragte Ivir einfach.

Jeans zuckte die Schultern. »Ich denke schon«, erwiderte sie müde. »Zumindest ein Stück weit. Und wenn ich die Schlucht sehe, erkenne ich sie bestimmt wieder.«

»In Ordnung«, sagte der Kapitän und schwang sich auf sein Pferd. »Du reitest bei mir mit. Wir werden deine Freunde schon finden.«

Dankbar griff Jeans die ausgestreckte Hand des Soldaten und ließ sich von ihm auf das Pferd helfen. Ich habe es geschafft, schoss es ihr durch den Kopf. Ich habe Hilfe geholt.

Im Sprung holte Phillo aus und schlug zu. Das Wesen war völlig überrumpelt, als Phillos Fäuste es mit aller Kraft zuerst ins Gesicht und dann in den Magen trafen. Stöhnend sackte es in sich zusammen. Blitzartig entriss Phillo ihm das Beil und stürmte brüllend durch die Käfigtür nach draußen. Die anderen Wesen waren nicht weniger überrascht als ihr Metzger. Unter angsterfülltem Geschrei flohen sie vor dieser großen schwarzen Echse mit den gelb glühenden Augen, die ihnen aus dem Käfig entgegensprang und wild mit dem Beil um sich hieb. Doch einen Augenblick später schlüpfte Phillo in den Käfig zurück, um Sannas und Arts Fesseln zu durchschneiden. Die Wesen hatten sich in einem großen Kreis um den Käfig versammelt, als sie ihr Gefängnis verließen. Einige erhoben drohend ihre Knüppel. Andere Waffen schienen diese Monster nicht zu haben; wohl deshalb musterten sie besorgt das Beil in Phillos Hand.

»Die haben ja richtig Angst vor dir«, stellte Art vergnügt fest.

»Kein Wunder«, murmelte Sanna und sah verstohlen das Beil an. »Ich auch.«

»Wir müssen hier raus«, sagte Phillo knapp und sah sich in der Höhle um. »Bevor diese Typen noch auf die Idee kommen, dass sie uns zahlenmäßig haushoch überlegen sind.«

»Und wo ist hier der Ausgang?«, fragte Art und musterte die verschiedenen Gänge, die aus der Höhle führten.

»Wir werden einfach den nächstbesten nehmen müssen«, meinte Sanna. »Dort drüben, den da. Da können wir an der Wand entlanglaufen und haben den Rücken frei.«

Phillo grunzte zustimmend und sie bewegten sich langsam von dem Käfig weg, auf den Gang zu. Die Wesen waren sich anscheinend immer noch nicht einig geworden, wie sie ihr Abendessen an der Flucht hindern sollten. Ein paar ganz Mutige stellten sich ihnen in den Weg, doch sobald Phillo das Beil hob, wichen sie hastig zurück.

»Ich glaube, die warten auf etwas«, flüsterte Sanna.
»Wahrscheinlich auf eine Idee«, vermutete Art. »Hoffentlich kommt ihnen keine mehr.«
Doch sein Wunsch war vergebens. Als sie noch etwa zwanzig Schritte von dem Gang trennten, hob eines der Wesen einen faustgroßen Stein vom Boden auf und warf ihn. Das Geschoss prallte über ihren Köpfen von der Höhlenwand ab, doch damit war es geschehen. Unter begeistertem Gebrüll klaubten die Monster Steine auf und begannen zu werfen.
»Die Mistkerle steinigen uns!«, kreischte Sanna und wich einem der Brocken aus.
»Los jetzt!«, schrie Phillo und begann zu rennen, während der tödliche Hagel immer heftiger wurde. Sanna und Art sprinteten hinterher und die Wesen nahmen die Verfolgung auf.
»Ich hoffe nur, dass wir hier richtig sind«, keuchte Sanna. Die Höhle war durch das Feuer hell erleuchtet gewesen. Der Gang dagegen wurde immer finsterer, je weiter sie liefen.
»Richtiger als am Spieß sowieso«, gab Art zurück und sah sich um. Noch war ein ordentlicher Abstand zwischen ihnen und ihren Verfolgern. Aber wenn es nicht bald wieder heller wurde, hatten sie keine Chance, den Monstern auf Dauer zu entkommen.
»Ich glaube, es geht bergauf«, stellte Phillo fest. »Sanna, Art, geht mal voran. Ich halte sie euch notfalls vom Leib.«
Der Gang führte tatsächlich immer steiler nach oben.

»Wenigstens sind wir hier richtig«, sagte Sanna schwer atmend und tastete sich vorsichtig an der feuchten Wand entlang. Mittlerweile waren sie in pechschwarze Finsternis gehüllt. Immer wieder stießen sie gegen herumliegende Felsbrocken oder Stützbalken, die mitten im Gang standen und zum Teil bedrohlich knarrten.
»Vom Bergbau haben diese Kerle keine Ahnung«, stellte Art missbilligend fest, nachdem er mit dem Kopf gegen einen der Balken gerannt war. »Dieser ganze Stollen ist doch ein einziger Notbehelf.«
»Einen Notbehelf bräuchten wir jetzt auch langsam«, sagte Phillo grimmig. »Sie kommen näher und in dieser Dunkelheit kann ich nicht vernünftig kämpfen.«
»Dann müssen wir eben schneller machen«, entschied Sanna und tastete sich hastig weiter.
Doch schon nach kurzer Zeit war klar, dass sie es nicht schaffen würden. Schon sahen sie die grünen Augen hinter sich in der Dunkelheit leuchten und hörten das leise Keuchen der Wesen.
»Wenigstens ist es für sie auch so anstrengend«, murmelte Art. Der Gang war mittlerweile so steil, dass ihm immer wieder kleine Steinchen entgegenkollerten, die Sanna lostrat. Als er wieder einmal über einen größeren Felsbrocken stolperte, kam Art eine Idee.
»Phillo, Sanna, wartet mal!«, rief er und blieb stehen. »Kommt her!«
»Was ist denn?«, erkundigte sich Sanna besorgt. »Ist dir was passiert?«

»Nein, ich habe eine lustige Idee«, erklärte Art eifrig und begann an dem Felsbrocken herumzuzerren. »Helft mir mal. Hier bin ich, hier drüben!«
»Was hast du denn?«, schnaubte Phillo, als er seinen Freund ertastet hatte. »Sie sind gleich da, verdammt!«
»Hilf mir mit dem Stein da!«, ächzte Art. »Alleine schaffe ich es nicht!«
»Das ist es!«, rief Sanna begeistert und packte mit an. Phillo musste einen Moment nachdenken, doch dann verstand auch er, was Art vorhatte. Zu dritt zogen und schoben sie an dem Felsen herum, bis er sich aus seiner Mulde an der Seite des Ganges löste.
»Noch ein bisschen!«, keuchte Sanna. Mit einem wütenden Schrei warf sich Phillo noch einmal mit der Schulter gegen den Stein. Knirschend setzte er sich in Bewegung und polterte donnernd den Gang hinunter, auf die grünen Augen unter ihnen zu. Erkennen konnte man in der Finsternis gar nichts, aber Art sah vor seinem inneren Auge, wie der Brocken immer schneller wurde und schließlich die ersten der Wesen umriss wie Kegel. Schmerzensschreie ertönten, dann ein gewaltiges Krachen und Splittern.
»Das Ding ist irgendwo gegengerollt«, stellte Sanna fröhlich fest. In diesem Moment donnerte es furchtbar und der Boden erbebte.
»Stimmt«, brüllte Phillo und sein Beil fiel scheppernd zu Boden. »Gegen einen Stützpfeiler! Los, weiter! Der Stollen bricht ein!«

DIE Sonne stand schon hoch am Himmel, als einige Felsen vor ihnen auftauchten, die Jeans bekannt vorkamen.

»Das ist es!«, rief sie und deutete mit dem Arm über die Schulter von Ivir hinweg nach vorn. »Dahinter muss die Schlucht sein!«

»Also los!«, rief Ivir seinen Männern zu. »Ausschwärmen! Seht euch genau um. Irgendwo hier muss das Schlupfloch der Grauhäuter sein. Diese Biester leben unter der Erde, also achtet auf alles, was nach dem Eingang zu einer Höhle aussieht. Und seid vorsichtig! Wir wissen nicht, mit wie vielen wir es zu tun haben.«

»Am Tag können sie uns nichts anhaben, Kapitän«, rief ein älterer Soldat zurück. »Sie vertragen kein Sonnenlicht.«

»Weißt du das wirklich so genau, Karl? Also, noch einmal: Seid wachsam!«

Ivir schnalzte mit der Zunge und lenkte sein Pferd langsam in die Schlucht hinein. Das Klappern der Hufe wurde von den Steinwänden vielfach zurückgeworfen, doch außer diesem Echo war nichts zu hören. Jeans hockte angespannt auf dem Pferd und suchte die verwitterten Felsen nach einem möglichen Höhleneingang

ab. Schließlich erreichten sie den Felsvorsprung, unter dem sie geschlafen hatten.
»Hier haben uns diese Monster angegriffen«, erklärte Jeans dem Kapitän und deutete auf ihren nächtlichen Rastplatz.
»Hast du eine Vorstellung, woher sie gekommen sein könnten?«, fragte der Soldat geistesabwesend und sah sich aufmerksam um.
Jeans zuckte die Schultern. »Ich denke mal, dass sie von irgendwo weiter hinten gekommen sind, aber das ist eigentlich nur ein Gefühl.«
»Da wir noch keinen Eingang gefunden haben, wollen wir deinem Gefühl mal vertrauen«, beschloss Ivir und trieb sein Pferd weiter.
Sie sahen schon den Ausgang der Schlucht vor sich, als plötzlich ein dumpfes Grollen den Boden erzittern ließ. Von den Felswänden rieselten Steine herab und das Pferd wieherte ängstlich.
»Was war das?«, fragte Jeans und sah sich hastig nach allen Seiten um. »Ein Erdbeben?«
»Hörte sich so an. Könnte aber auch ein schwerer Erdrutsch gewesen sein.« Ein weiteres Grollen erklang und nur wenige Meter hinter ihnen löste sich mit einem gewaltigen Krachen eine tonnenschwere Felsplatte von der Schluchtwand und zerschellte auf dem Boden. »Wir müssen hier raus«, stieß Ivir hervor und gab seinem Ross die Sporen. Das Tier war offensichtlich froh über die Entscheidung seines Herren, denn es

preschte sofort los. Jeans klammerte sich an den Soldaten und hoffte, dass Ivir sein Pferd auch wieder stoppen konnte.
Einige Augenblicke später hatten sie die Schlucht verlassen und erreichten eine Wiese, auf der sich die anderen Soldaten bereits gesammelt hatten. Sie waren alle abgesessen und hielten ihre unruhig tänzelnden Rösser am Zügel fest.
»Was ist denn da los, Kapitän?«, rief ihnen ein jüngerer Mann verstört entgegen. »War das ein Erdbeben?«
»Keine Sorge, Wanka, das war bestimmt nur Karl, der gefurzt hat«, erwiderte Ivir lachend. Jeans starrte ungläubig auf seinen Hinterkopf. Wenn der Typ als Soldat so fähig war wie als Komiker, dann konnte er für ihre Freunde bestimmt nichts mehr tun. Doch die Männer hatten anscheinend einen anderen Humor als sie selber, denn alle lachten befreit auf.
»Ich habe nur wütend mit dem Fuß aufgestampft, weil wir nichts gefunden haben«, widersprach Karl grinsend. »Was kann ich dafür, dass ich so stark bin?«
»Hat irgendjemand etwas Besonderes beobachtet?«, fragte Ivir in das Gelächter hinein. »In der Schlucht selbst war nichts zu finden.«
»Hinter diesen Tannen dort drüben ist der Boden eingesunken«, meldete einer der Männer. »Ich habe geschaut, dass ich weggekommen bin, bevor mich die Erde verschlucken konnte.«
»Das sehen wir uns genauer an«, entschied Ivir. »Ich

nehme an, dass dort eine Höhle eingestürzt ist. Vielleicht treibt das ja die Ratten aus ihrem Nest.«
»Was ist, wenn meine Leute in der Höhle waren?«, rief Jeans entsetzt.
»Dann können wir nichts mehr für sie tun«, erwiderte Ivir bedauernd, während er sich vom Pferd schwang. »Jerok, du bleibst hier und passt auf die Pferde auf. Wir gehen zu Fuß. Und seid vorsichtig, dass ihr nicht irgendwo hineinfallt.« Er half Jeans beim Absteigen und marschierte dann hinter Karl her, der sie zu der eingesunkenen Stelle führte.
Im Fernsehen hatte Jeans einmal einen Bericht über ein Bergwerksunglück gesehen. Die Stollen waren eingebrochen und plötzlich hatte mitten auf einer grünen Wiese ein Krater gegähnt. Genauso sah es nun hier aus. Man konnte an den Rändern des Kraters genau sehen, wo die Höhle verlaufen war. Inmitten des Lochs lagen einige entwurzelte Bäume und überall durchzogen breite Risse das Gras.
»Ich fürchte, dass wir das Nest der Grauhäuter gefunden haben«, stellte Ivir fest. »Wenn deine Freunde dort unten waren, werden sie wohl kaum überlebt haben.«
Kraftlos ließ sich Jeans auf den Boden sinken. Ein Zittern durchlief ihren ganzen Körper. Was sollte sie nur ohne ihre Freunde in dieser fremden Welt anfangen?
»Es tut mir Leid für dich«, brummte der Kapitän und setzte sich neben sie. »Karl, sorge dafür, dass wir den Eingang zu dieser verdammten Höhle finden. Ich will

nicht verschwinden, bevor wir nicht alles versucht haben.«

»In Ordnung, Kapitän«, meinte der alte Soldat und teilte die Männer zum Suchen ein.

»Ich habe keine Ahnung, was ich ohne sie machen soll«, flüsterte Jeans und spielte mit ihrem Schnürsenkel, während ihre Tränen in die Augen schossen. »Jetzt bin ich ganz allein.«

»Du kannst doch immer noch nach Hause gehen«, schlug Ivir vor.

»Das kommt darauf an, ob ich den Anhänger . . .«, begann Jeans und eisiges Entsetzen erfasste sie, als sie mit einem Schlag das ganze Ausmaß der Katastrophe begriff. »Oh Gott! Ich komme wirklich nicht mehr nach Hause! Sanna hatte den Anhänger!«

»Was für ein Anhänger?«, erkundigte sich Ivir verwirrt.

Einen Augenblick lang zögerte Jeans. Sie war sich nicht sicher, ob es klug war, von ihrer wahren Herkunft zu berichten. Aber sie wollte endlich mit jemandem darüber reden, und sie mochte den Kapitän.

»Wir sind nicht von dieser Welt«, erzählte sie langsam. »Gestern Nacht waren wir im Park in unserer Welt und dann ist plötzlich ein alter Mann aus dem Nichts aufgetaucht. Er war verletzt und er sagte, wir sollten den König warnen. Dann hat er uns einen Anhänger in die Hand gedrückt und das Nächste war, dass wir in einem Wald hier aufgewacht sind, und zwar in neuen Körpern!«

Ivir starrte sie ungläubig an. »Was wart ihr denn vorher, in eurer Welt?«

»Wir waren ganz normale Menschen«, schluchzte Jeans. »Stattdessen bin ich jetzt rot wie ein Krebs, Sanna ist auch anders, Art wurde so ein komischer Affe und Phillo . . .« Sie verschluckte sich und fing an zu husten.

». . . wurde ein Koghaner«, beendete der Soldat leise den Satz und klopfte Jeans auf den Rücken.

»Was weiß ich«, stieß Jeans hervor und wischte sich über das nasse Gesicht. »Jedenfalls hocke ich jetzt hier, in diesem seltsamen Körper und habe keine Ahnung, was ich tun soll.« Ein komisches Gefühl kroch in ihr hoch. Hatte sie Ivir überhaupt erzählt, dass Phillo sich in eine Echse verwandelt hatte?

»Kapitän!«, schrie einer der Männer von einem kleinen Hügel in der Nähe zu ihnen herunter. »Kommt, wir haben sie gefunden!«

»Was?« Jeans fuhr hoch und sprintete auf ihn zu. Ihr Herz blieb fast stehen vor Erleichterung, als sie die drei Gestalten inmitten der Soldaten erkannte, die gerade auf der Hügelkuppe auftauchten.

»Jeans!«, schrie Sanna und lief ihr mit stolpernden Schritten entgegen. Die beiden Mädchen fielen sich lachend in die Arme und kippten dann gemeinsam um, als Sannas Beine ihr den Dienst versagten.

»Deine Rettung kommt ein bisschen spät«, stellte Art grinsend fest. »Wir konnten leider nicht auf dich warten.«

»Was ist denn passiert?«, fragte Jeans, immer noch ganz fassungslos vor Freude.

»Man wollte uns essen, deswegen sind wir etwas früher gegangen«, erklärte Phillo und klopfte sich den Staub von den Schuppen. »Und dann ist hinter uns alles eingestürzt.«

»Es war super!«, rief Art und tanzte um sie herum, eingehüllt in eine graue Staubwolke, die aus seinem Fell entwich. »Sie waren hinter uns her, aber wir haben ihnen einen Felsen entgegengerollt und der hat den Pfeiler getroffen und dann hat es furchtbar gekracht und jetzt sind wir hier!«

»Wir haben sie gefunden, wie sie gerade unter dem Busch dort drüben hervorgekrochen sind«, erzählte Karl grinsend. »Sie müssen wirklich in letzter Sekunde entkommen sein.«

»Das kann man wohl sagen«, stimmte Phillo ihm zu und sah Jeans an, die gerade wieder aufstand. »Äh, Jeans, willst du uns nicht vorstellen?«

»Klar«, erwiderte sie und sah den Kapitän an, der gerade mit weit aufgerissenen Augen Sanna anstarrte. Jeans entging nicht, dass Sanna dem Kapitän ein besonders nettes Lächeln schenkte. »Das ist Ivir, der Kapitän. Und das hier sind Phillo, Martin und Sandra. Meine Freunde.«

Als Jeans seinen Namen nannte, riss Ivir sich von Sannas Anblick los. »Äh, ich grüße euch alle«, stotterte er. »Es freut mich sehr, euch wohlbehalten zu sehen. Wir haben schon das Schlimmste befürchtet.«

»Wir auch«, lachte Sanna glücklich und sah zur Sonne hinauf. »Mein Gott, war das scheußlich da unten. Und diese grauen Monster!«

»Jetzt erzählt bitte mal von Anfang an«, bat Jeans. »Diese Viecher wollten euch wirklich fressen?«

»Allerdings«, rief Art, »sie hatten schon ein großes Feuer . . .«

»Einen Moment«, unterbrach Ivir ihn. »Bevor ihr mit eurer Schilderung beginnt, will ich euch vorschlagen, dass wir uns zuerst nach Hause aufmachen. Mit euch als zusätzlicher Last werden wir zwar nicht besonders schnell sein, aber wenn wir uns ein wenig beeilen, kommen wir noch heute Nacht zur Burg zurück. Dort wird man euch etwas zu essen geben und ihr könnt euch untereinander austauschen und auch dem Herzog alles genau berichten.«

»Dem Herzog?«, fragte Art neugierig. »Wer ist das?«

»Er gebietet über das ganze Land hier«, erklärte Ivir und musste ein Lächeln unterdrücken. »Nun ja, also über diese Gegend eigentlich weniger. Diese Wälder sind so voller düsterer Wesen, dass es für uns unmöglich ist, sie wirklich zu kontrollieren.«

»Kann uns dieser Herzog vielleicht auch sagen, wie wir zum König kommen?«, fragte Sanna einfach. »Dort wollten wir nämlich tatsächlich hin.«

»Allerdings«, lachte der Kapitän. »Doch das wird noch ein wenig warten können, hoffe ich.«

»Natürlich«, erwiderte Phillo. »Ach übrigens: Kennen sie vielleicht einen Mann namens Darken?«

Der Kapitän fuhr herum. »Wieso?«, fragte er stirnrunzelnd. »Woher kennst du diesen Namen?«
»Ich glaube, dass er uns letzte Nacht angegriffen hat. Er hatte ein schmales blasses Gesicht, schwarze Augen und so ein kleines Bärtchen«, erklärte Phillo.
»Ja, das hört sich nach Darken an«, meinte Ivir. »Aber keine Sorge: In unserer Begleitung wird euch niemand angreifen, da bin ich mir sicher.«
»Wer ist das denn eigentlich?«, meldete sich Art zu Wort.
»Das zu erklären, könnte länger dauern. Ich schlage vor, dass wir all dies auf später verschieben, wenn wir die Burg erreicht und ein anständiges Essen zu uns genommen haben.«
Die vier Freunde sahen sich an. Bei dem Gedanken an eine warme Mahlzeit vergaßen sie alles andere und folgten den Soldaten zu ihren Pferden. Ärger stieg in Jeans hoch, als sie sah, dass Ivir dafür sorgte, dass Sanna bei ihm auf dem schwarzen Hengst saß, während sie selbst hinter Karl aufsteigen musste.
»He, Sanna!«, rief sie zuckersüß. »Du musst dich gut festhalten. Es würde dem Kapitän das Herz brechen, wenn du runterfallen würdest.«
»Ich kann schon auf mich aufpassen, also behalte deine Ratschläge für dich«, gab Sanna zurück und funkelte Jeans wütend an, die ihre Antwort schnell herunterschluckte. Es kam nicht oft vor, dass Sanna ihr böse war, aber dann nahm selbst Jeans sich ein bisschen zusam-

men. Außerdem hatte sie nicht vor an Ivir noch einen einzigen Gedanken zu verschwenden. Wenn sie genau nachdachte, schien etwas mit ihm nicht in Ordnung zu sein, auch wenn sie nicht genau hätte sagen können, was es war.

Sobald alle aufgesessen waren, ritten sie im flottem Tempo durch die Schlucht zurück. Das Pferd, auf dem Phillo saß, war durch seine Echsengestalt so verängstigt, dass der Soldat es mit aller Gewalt unter Kontrolle halten musste und Phillo selbst die ganze Zeit über fürchtete jeden Moment abgeworfen zu werden.

»Es tut mir Leid, dass ich dem Pferd solche Angst einjage«, sagte Phillo verlegen.

»Du musst dich nicht entschuldigen«, sagte der Soldat kurz angebunden und schwieg dann wieder. Phillo starrte verblüfft auf seinen Nacken. Der Mann hatte offensichtlich nicht die geringste Lust, sich mit ihm zu unterhalten. Schließlich zuckte Phillo gleichgültig mit den Schultern. Wenn der Mann nicht reden wollte, würde er ihn bestimmt nicht zwingen.

Als die Sonne bereits rot dem Horizont entgegensank, durchquerten sie eine wunderschöne Waldlandschaft, die voller Leben war. Vögel zwitscherten, Käfer erfüllten die Luft mit trägem Brummen und ein paar Mal nahmen Rehe vor ihnen Reißaus.

Der Himmel wurde immer dunkler und bald darauf ging der Mond auf und tauchte die Landschaft in sein silbernes Licht. Nun sahen sie die ersten Zeichen von Zivilisation. Der Wald wurde lichter und sie durchquerten verstreute kleine Felder, auf denen das Getreide im Abendwind wogte.

»Noch eine halbe Stunde, dann habt ihr es geschafft!«, rief Ivir den anderen zu, als sie eine Ebene voller Kornfelder erreichten. Die Kinder seufzten erleichtert auf. Selbst die schönste Natur konnte sie nun nicht mehr über ihre schmerzenden Hinterteile hinwegtrösten. Schon nach einer Viertelstunde sahen sie eine kleine Stadt vor sich und ein Stück dahinter erhob sich auf einem Hügel der düstere Schatten einer Burg.

»Ist das die Burg?«, fragte Jeans.

»Das ist Dunkelstein«, antwortete Karl und stöhnte erleichtert. »Ich bin nur froh, dass wir endlich da sind. Das war ein verfluchter Tag heute.«

»Allerdings«, sagte sie müde. »Oh Gott, ich habe solchen Hunger!«

»Da bist du nicht alleine«, beteuerte Karl. »Seit wir aufgebrochen sind, um euch zu suchen, habe ich nichts Vernünftiges mehr gegessen.«

»Na, und? Das war heute Morgen. Wir haben seit gestern früh nichts mehr in den Bauch bekommen und selbst dieses Frühstück waren nur ein paar blöde Beeren«, trumpfte Jeans auf.

»Heute Morgen? Unsinn, wir . . .«, gab Karl zurück und hielt kurz inne. »Gut, da kann ich nicht mithalten«, gab er schließlich hastig zu. »Aber jetzt haben wir es jedenfalls geschafft. Ich bin sicher, dass der Herzog euch fürstlich verköstigen wird.«

Jeans überkam ein seltsames Gefühl. Sie hatte keine Ahnung, was sie an Karls Worten störte, aber irgendetwas machte sie misstrauisch. Doch schließlich verscheuchte sie die düstere Ahnung und starrte zur Burg empor.

Auf den Zinnen loderten in regelmäßigen Abständen Fackeln und in einigen Fenstern brannte Licht. Sie überquerten die Zugbrücke, die sich über den Wassergraben rund um die Burg zog, und hielten vor dem verschlossenen Tor an.

»Wachen!«, rief Ivir zu den Zinnen über ihnen hinauf. »Macht das Tor auf, aber schnell!«

»Der Kapitän ist wieder da«, ertönte eine Männerstimme über ihnen. »Öffnet das Tor für den Kapitän!«

Schritte und Rufe ertönten hinter den dicken, eisenbeschlagenen Torflügeln. Riegel wurden zurückgeschoben, die Flügel schwangen weit auf und gaben den Blick frei auf den dahinter liegenden hohen Bogengang. Einige Soldaten standen mit Fackeln in der Hand da und salutierten, als Ivir an ihnen vorüberritt. Art bemerkte, dass die Männer ihn und seine Freunde wie Wesen von einem anderen Stern anstarrten. Er musste kichern, als er sich klarmachte, dass sie eigentlich kaum etwas anderes waren.

Doch die Soldaten konnten seine Aufmerksamkeit nicht lange fesseln. Staunend betrachtete er den gewaltigen Burghof, in den sie nun gelangten. Die Festung bestand wohl vor allem aus einem großen Gebäude in der Mitte des Ganzen, umgeben von verschiedenen kleineren Türmen und Häusern, die durch ein Gewirr aus Mauern mit Wehrgängen verbunden waren. Alles hier bestand aus dem gleichen dunklen Stein und erzeugte eine finstere Stimmung.

»Gehen Ihnen diese schwarze Mauern überall nicht auf die Nerven?«, fragte er den Soldaten vor ihm.

»Man gewöhnt sich daran«, erwiderte der Mann nur, stoppte sein Pferd vor einem lang gezogenen Holzschuppen und stieg ab. »Soll ich dir helfen?«, fragte er Art und streckte ihm die Arme entgegen wie einem Kind.

»Geht schon«, sagte Art und sprang auf der anderen Seite vom Rücken des Tieres. Er hatte keine Lust, sich von diesem schweigsamen Kerl auf den Arm nehmen zu lassen.

»Nun gut«, stöhnte Ivir und streckte sich. »Wir haben es geschafft. Willkommen auf Burg Dunkelstein.«

»Danke schön«, sagte Sanna lachend und rieb sich den Hintern. »Und jetzt?«

»Ich werde euch erst einmal in die Küche bringen lassen«, schlug der Kapitän vor. »Während ihr etwas esst, werde ich den Herzog benachrichtigen, dass ihr da seid. Dann sehen wir weiter.«

»Hört sich gut an«, erklärte Jeans zufrieden. »Besonders das mit der Küche.«

»Dachte ich mir«, sagte Ivir und winkte einen der Solda-

ten zu sich heran. »Bringe doch unsere Gäste in die Küche und sorge dafür, dass sie sich satt essen können.«
»Zu Befehl, Kapitän«, erwiderte der Mann und wandte sich an die vier Freunde. »Bitte folgt mir«, forderte er sie auf und marschierte mit einer Fackel in der Hand vorneweg, während ein paar andere Soldaten die Pferde in den Holzschuppen führten, der offensichtlich als Stall diente. Phillo sah sich noch einmal um, als sie ihrem Führer in das große Haupthaus folgten. Ivir stand da und starrte ihnen mit einem seltsamen Lächeln hinterher, wandte sich aber schnell ab, als er Phillos Blick bemerkte.
Staunend sahen sich die vier in dem Gebäude um. Zumindest im Inneren waren die Wände geweißelt, was die Freunde wirklich erleichterte.
»Wenigstens hier drin ist es etwas freundlicher. Und ich dachte schon, dass dieser Herzog einen an der Klatsche hat«, drückte Art diese Gedanken ein wenig zu deutlich aus.
»Halt dich bitte ein bisschen zurück!«, presste Sanna mit zusammengebissenen Zähnen hervor. »Wir sind hier Gäste!«
»Ich habe doch gar nichts Schlimmes gesagt«, protestierte Art.
»Sei einfach ruhig, dann kann auch nichts passieren«, schlug Jeans grimmig vor. »Denk lieber an das Essen.«
Wütend öffnete Art den Mund, doch ein warnender Blick von Phillo hielt ihn von einer Antwort ab. Stattdes-

sen sah er sich weiter um. Sie wanderten durch verschiedene Gänge und erreichten schließlich eine kleine Halle, die von einigen rußenden Ölleuchtern in flackerndes Licht getaucht wurde. Zwei große Treppen führten nach oben in den ersten Stock und in den Keller hinunter. Durch eine halb geöffnete riesige Flügeltür sahen sie einen großen Saal, an dessen Ende in einem gewaltigen Kamin ein schwaches Feuer glühte. Art trat an die Tür heran und spähte hindurch. Im Dämmerlicht sah er zwischen den hohen, schmalen Bleiglasfenstern des Saales einige Wandteppiche, die verschiedene Jagd- und Schlachtszenen zeigten. In der Saalmitte befand sich eine gewaltige Tafel, auf der noch einige Holzkrüge standen.

»Das ist der Rittersaal«, erklärte der Soldat unwirsch und wartete. Es schien ihm nicht besonders zu passen, dass Art sich so neugierig umschaute.

»Art, bitte komm jetzt«, stöhnte Jeans genervt. »Ich habe Hunger!«

»Bin schon da«, brummte Art und folgte den anderen eine der Treppen hinab. Die Kellergewölbe standen denen des Erdgeschosses in nichts nach, außer dass sie etwas niedriger waren und hier der Geruch von altem Fett und Rauch in der Luft hing. Schließlich erreichten sie die Küche der Burg. Der Soldat deutete auf einen Tisch mit ein paar groben Hockern in der Ecke, auf dem eine Öllampe stand.

»Nehmt doch dort Platz«, sagte er. »Ich werde den Koch aus dem Bett werfen, damit er euch etwas bringt.«

»Danke, das ist sehr . . .«, sagte Sanna, doch der Mann war bereits verschwunden. ». . . freundlich«, beendete sie den Satz und sah die anderen an. »Was hat denn dieser Kerl bloß?«, flüsterte sie.

»Einen Reißnagel im Hintern?«, vermutete Jeans spöttisch und ließ sich auf einen der Hocker fallen.

»Wahrscheinlich ist er nur sauer, weil er wegen uns nicht gleich ins Bett gehen konnte«, brummte Phillo und sah sich um. Die Küche war beeindruckend. Neben einem großen, runden Kamin mit einem Bratspieß standen zwei klobige Öfen, auf denen einige große Kupferkessel standen. Überall hingen Pfannen und Töpfe von den Wänden und der Decke, und in einem blutigen Hackklotz in der Ecke stak ein großes Fleischerbeil.

Art sah Phillo an. »Das wäre doch genau dein Fall, oder?«, fragte er fröhlich und deutete auf das Werkzeug.

»Ich habe mit diesen Dingern nur gute Erfahrungen gemacht«, erwiderte Phillo und grinste wölfisch.

»Was ist denn nun eigentlich in dieser verfluchten Höhle passiert?«, erkundigte sich Jeans, deren Neugier plötzlich wieder geweckt war. »Ihr habt mir immer noch nichts erzählt.«

»Stimmt, ja!«, rief Art begeistert. »Okay, sie wollten uns schlachten, aber Phillo hat dem Kerl das Ding weggenommen und dann hat er ihn gehauen, nein, andersrum . . . Dann hatten sie Angst und wir sind immer an der Dings entlanggegangen und dann sind wir gerannt, obwohl es so dunkel war, und sie hinterher und ich bin mit dem Kopf gegen einen Balken und . . .«

»Stopp!«, rief Jeans hilflos. »Halt mal an. Sanna, erzählst du es mir?«

»Ich würde gerne erst mal essen«, erklärte Sanna boshaft und grinste Jeans unschuldig an. »Warum soll Art dir die Geschichte nicht zu Ende erzählen?«

»Für euch hole ich noch mal Hilfe«, knurrte Jeans, als Phillo und Sanna zu lachen anfingen.

»Okay, ich mache schon«, gab Sanna nach und berichtete von ihrem Abenteuer.

»Gut«, sagte Jeans langsam, als Sanna geendet hatte. »Und dann haben euch die Soldaten von Ivir gefunden?«

»Richtig.« Art nickte. »Zuerst waren wir uns ja gar nicht sicher, ob die Kerle uns nicht auch noch umbringen wollten. Immerhin . . .«

Doch er wurde unterbrochen, als drei ältere Frauen in schmutzig weißen Nachthemden hereinkamen. In den Händen hielten sie große Holzplatten und Körbe. Sie machten einen kurzen Knicks, bevor sie sich mit ängstlichen Blicken näherten.

»Der Koch schickt uns, Herrschaften«, erklärte eine von ihnen und starrte Phillo furchtsam an, während die anderen zwei den Tisch deckten. »Wir bringen euch eine kleine Mahlzeit. Wenn Euch der Sinn nach etwas anderem steht, bitten wir Euch Eure Wünsche zu sagen.«

Mit großen Augen sahen die Freunde zu, wie sich vor

ihnen die »kleine« Mahlzeit ausbreitete. Da erschienen riesige Mengen an Brot, verschiedene Würste und Schinken, ein ganzer kalter Rollbraten, große Käselaibe, einige Tonkrüge mit Schmalz, Äpfel und Birnen, Krüge mit Milch und einem nach Honig riechenden Getränk.
»Ich denke, wir sind zufrieden«, stellte Jeans begeistert fest. »Was meint ihr?«
»Danke schön«, sagte Sanna zu den Frauen. »Ich denke nicht, dass wir noch weitere Wünsche haben.«
»Wir sind gleich nebenan«, erklärte eine andere unsicher. »Ihr müsst uns nur rufen, wenn Ihr uns benötigt.«
»In Ordnung«, sagte Jeans und griff nach einer armdicken, unförmigen Wurst, die einen wunderbaren Geruch verströmte. »Wir melden uns dann.«
Mit einem Knicks zogen sich die drei Frauen hastig zurück, während die vier Freunde sich auf die Köstlichkeiten vor ihnen stürzten.
»Die hatten Angst vor Phillo«, bemerkte Art kauend und schnitt sich noch ein Stück Schinken ab. »Ich glaube, solche Echsen sind hier ziemlich selten.«
»Wie wir alle«, meinte Sanna und schnupperte misstrauisch an dem Honiggetränk, bevor sie sich ihren Holzbecher voll schenkte und es versuchte. »Hm, das ist nicht schlecht«, stellte sie fest und leerte den Becher in einem Zug.
Jeans schnupperte auch daran. »Sei vorsichtig«, warnte sie. »Ich kenne das, es ist Met. So eine Art Honigbier.«

»Was?«, rief Art begeistert und spuckte kleine Brotstückchen über den Tisch. »Honigbier? Cool, gib mal rüber!«
»Gib es ihm nicht!«, rief Phillo grinsend, als Sanna den Krug über den Tisch reichte. »Wenn der kleine Affe auch noch besoffen ist, ertrage ich sein Geplapper gar nicht mehr.«
»Und für das Gespräch mit dem Herzog sollten wir auch besser nüchtern sein«, meinte Sanna verständig und trank ihren dritten Becher leer. »Aber es schmeckt wirklich verdammt lecker.«
Während sich die Freunde ernsthaft bemühten alles aufzuessen, alberten sie herum und lachten, bis ihnen die Bäuche wehtaten. Zum ersten Mal seit langer Zeit fühlten sie sich so richtig zufrieden und sicher.
»Ich will auch noch was!«, rief Jeans empört, als sie entdeckte, dass der Krug mit dem Met völlig leer war.
»Tut mir Leid«, kicherte Art. Er hatte auf einmal einen seltsamen Glanz in den Augen. »Das war Sanna. Ich hatte nur ganz wenig.«
»Du blöder Mischtkerl!«, schrie Sanna in plötzlicher Wut. »Schtimmt nicht! Du hascht allesch gedrungen!« Der wunderbare Glanz ihrer Augen war mit einem Mal einem stumpfsinnigen Starren gewichen.
»Bist du jetzt völlig irre?«, sagte Phillo völlig verblüfft. »Was soll denn das?«
»Wiescho?«, kreischte Sanna und stand auf. »Wenn diescher dumme . . .« Sie verlor das Gleichgewicht und fiel

hin. Leise murmelnd rollte sie sich auf dem Boden zusammen.

»Was war denn das für ein Auftritt?«, fragte Jeans entgeistert, während unter dem Tisch leises Schnarchen einsetzte.

»Ich glaube, ich weiß, was los ist«, kicherte Art blöde. »Sie verträgt keinen Alkohol.«

»Unsinn«, brummte Phillo. »Vor zwei Wochen hat sie auf der Feier von Melanie vier Gläser Sekt getrunken und war nur ein bisschen lustig. Und sie hat niemanden angebrüllt. Das macht sie doch sonst auch nie.«

»Nein, du verstehst mich nicht«, widersprach Art. »Ihr Körper. Ihr neuer Körper. Die Leber oder was weiß ich.«

»Das kann sein«, meinte Jeans, als sie verstand, was Art sagen wollte. »Wahrscheinlich verträgt ihr neuer Körper wirklich keinen Alkohol.«

»Stimmt«, gab Phillo zu. »Das würde diesen Zustand erklären. Ich hoffe nur, dass sie sich nicht wirklich vergiftet hat.«

»Wenn wir jemals wieder einen Krug mit Met, Bier oder sonst etwas hingestellt bekommen, dann schütte ich das Zeug sofort weg«, nahm sich Jeans angewidert vor, als Art sich blöde kichernd zu Sanna unter den Tisch gesellte und sie zu kitzeln versuchte.

»Ich hoffe, ihr seid mit eurer Mahlzeit zufrieden gewesen«, sagte Ivir, der plötzlich mit zwei seiner Soldaten in der Türe stand. »Was machen denn die beiden da?«,

fügte er verblüfft hinzu, als er Sanna und Art unter dem Tisch entdeckte.
»Die eine schläft, der andere albert herum«, erklärte Jeans gähnend.
»Die Frauen haben den Fehler begangen, uns einen Krug mit Met hinzustellen«, half Phillo dem Kapitän auf die Sprünge.
»Oh«, machte Ivir grinsend und trat näher. »Nun gut, dann werde ich meinen Männern sagen, dass sie die beiden tragen sollen. Ihr könnt noch selbst gehen, hoffe ich. Der Herzog erwartet euch nämlich jetzt im Ratssaal.«
»Wunderbar«, sagte Jeans und stand stöhnend auf. »Oh Gott, bin ich vielleicht voll. Das Essen war wunderbar.«
»Allerdings.« Phillo nickte zustimmend und beobachtete schläfrig, wie die Soldaten Sanna und Art unter dem Tisch hervorzogen.
»Ich kann selber laufen«, protestierte Art kraftlos, befreite sich aus dem Griff des Mannes und fiel hin. »Nein, lass mich, du blöder Affe!« Der Soldat packte ihn einfach und warf ihn sich mühelos über die Schulter.
»Dass ein Lherram jemand anderen als Affen beschimpft!«, meinte Ivir grinsend. »Nicht zu fassen. Gehen wir?«
Ein paar Minuten später standen sie im ersten Stock vor einer dunklen Holztüre, in die eine Art Wolfskopf geschnitzt war. Ivir klopfte an und trat ein. Jeans und Phillo folgten ihm und sahen sich aufmerksam um, während die Soldaten die Tür schlossen. Sanna und Art leg-

ten sie einfach in einer Ecke auf den Boden, wo beide leise murmelnd liegen blieben.
Der Raum war nicht besonders groß und wurde fast völlig von einem massigen Tisch und acht schweren Holzstühlen mit hohen Lehnen ausgefüllt. Am Kopfende des Tisches befand sich ein Kamin, in dem ein kleines Feuer brannte. Davor stand ein schlanker, hoch gewachsener Mann mit dunklen Haaren und starrte in die Flammen.
»Mein Fürst«, sagte Ivir und ein Lachen schwang in seiner Stimme mit, »ich bringe Euch unsere Gäste.«
»Danke, Kapitän«, erwiderte der Mann und wandte sich um. Phillo und Jeans entfuhr ein Keuchen, als sie das Gesicht des Herzogs sahen. Ein Lächeln umspielte seine schmalen Lippen und er zupfte an dem kleinen Bärtchen. »Ich habe doch gesagt, wir würden uns wieder sehen, meine jungen Freunde. Willkommen auf Dunkelstein!«

ICH habe die Ehre, euch meinen Herrn vorstellen zu dürfen«, meldete sich Ivir in der atemlosen Stille zu Wort. »Vor euch steht Herzog Darken, Herrscher über die nördliche Provinz.«

»Sie haben uns reingelegt!«, flüsterte Jeans und starrte den Kapitän fassungslos an. »Sie verfluchtes Schwein!«

»Ich habe euch nicht ein einziges Mal angelogen«, erwiderte der Soldat. Seine Augen blitzten belustigt. »Ich hatte die Wahl, euch unter großen Schwierigkeiten gewaltsam hierher zu schleifen oder nett zu euch zu sein, damit ihr freiwillig mitkommt. Und – unter uns – so habt ihr euch doch auch wohler gefühlt, oder?«

Jeans bewegte sich so schnell, dass sie selbst kaum verstand, was sie tat. Für alle anderen war sie nur noch ein Schemen, der durch das Zimmer huschte. Mit einem Satz hatte sie die drei Schritte zu Ivir überwunden und ihre rechte Hand schnellte vor. Der Kapitän versuchte noch ihrem Schlag auszuweichen, aber er war viel zu langsam. Sein Kopf wurde zurückgeschleudert und er stürzte gegen die Mauer hinter ihm.

Sofort versuchte Jeans ihm nachzusetzen, doch einer der Soldaten warf sich mit einem Schrei auf sie und riss sie zu Boden. Es ging ihr fast die Luft aus, als der Mann mit dem ganzen Gewicht seiner Rüstung auf ihr landete. Benommen blieb sie liegen, während der Mann sie grob auf den Bauch drehte und sein Knie zwischen ihre Schultern drückte.

»Lass sie los!«, brüllte Phillo, der erst jetzt verstand, was um ihn herum vorging. Doch bevor er sich bewegen konnte, drückte ein anderer Soldat ihm seinen Dolch gegen den Hals. Die Spitze der Klinge pikste schmerzhaft in die weiche Haut unter Phillos Kinn und er zwang sich ruhig stehen zu bleiben, obwohl alles in ihm sich danach sehnte, diesen kleinen Menschen zu nehmen und ihn wegzuschleudern.

»Nicht schlecht!«, lobte der Herzog und klatschte in die Hände. »Ich hatte den Kapitän gewarnt, dass unsere Gäste nicht unbedingt so harmlos sein müssen, wie es ihm schien.«

»Sie hat mir einen Zahn ausgeschlagen«, nuschelte Ivir und stand taumelnd auf. Von seinen Lippen tropfte Blut auf sein Hemd. Er näherte sich Jeans und sah grinsend auf sie herunter. »Aber das wirst du noch bereuen.«

»Solange du darauf verzichtest, mich so blöd anzuglotzen wie Sanna, soll es mir recht sein«, keuchte Jeans trotzig.

»Ach ja, wo wir gerade dabei sind«, sagte der Herzog und gab dem Kapitän ein Zeichen. Ivir kniete neben der schlafenden Sanna nieder, zog den Anhänger aus ihrem Hemd hervor und reichte ihn dem Herzog.

»Ein wunderbares Stück«, hauchte dieser andächtig und seine dunklen Augen glänzten. »Ein echtes Werkzeug der Alten.«

»Es gehört uns«, knurrte Phillo und der Druck der Dolchspitze verstärkte sich. »Sie haben kein Recht, es zu nehmen.«
»Möglich«, gab der Herzog schmunzelnd zu. »Ivir, seid so gut und bringt unsere Freunde in den kleinen Zwinger. Ich werde mich später mit ihnen beschäftigen.«
»Zu Befehl, mein Fürst«, erwiderte der Kapitän und nickte den Soldaten zu, die daraufhin Art und Sanna wieder hochhoben.
»Nein, sie nicht!«, erklärte der Herzog und deutete auf Sanna. »Lasst sie erst einmal hier. Ich will mich noch ein wenig mit ihr unterhalten, wenn sie aufwacht. Ach ja, was ist eigentlich mit ihr und dem kleinen Affen los?«
»Sie scheinen etwas über den Durst getrunken zu haben«, erklärte Ivir entschuldigend und wischte sich mit dem Handrücken über die blutigen Lippen. »Der Koch hat ihnen einen Krug Met gegeben.«
»Nun gut«, sagte der Herzog kopfschüttelnd. »Das kommt vor. Gute Arbeit, Kapitän.«
»Danke, mein Fürst«, sagte Ivir und deutete eine Verbeugung an. »Los, Männer, schafft sie weg!«

»Ich hätte es wissen müssen«, schnaubte Jeans wütend und trat gegen die dicke Holztür ihrer Zelle. »Jetzt kapiere ich erst, was mich die ganze Zeit gestört hat.«
»Was denn?«, fragte Phillo stirnrunzelnd.
»Ich habe ihm erzählt, dass wir uns verwandelt haben. Und er wusste, dass du ein – wie heißt das noch – ein

Khoganer, also so eine Echse wurdest, obwohl ich es ihm gar nicht gesagt hatte.«
»Und du hast dir wirklich nichts dabei gedacht?« Phillo starrte sie ungläubig an. »Komm schon, so blöd bist du doch sonst nicht.«
»Verdammt, ich war völlig durcheinander!«, schnaubte Jeans. »Und dann hatten wir euch endlich gefunden. Ich war so glücklich, dass ich einfach nicht mehr daran gedacht habe.«
»Okay, du hast ja Recht«, gab Phillo nach und musterte den schnarchenden Art. Er lag am Boden der kleinen Zelle, in die sie eingesperrt waren. »Ich bin mal gespannt, ob er vor dem anderen Kerl da aufwacht«, brummte er und deutete auf die zusammengesunkene Gestalt in einer Ecke.
Seit die Soldaten sie in diesen Kellerraum gebracht hatten, hatte der Mann sich nicht gerührt. In dem spärlichen Fackelschein, der durch das winzige, vergitterte Fenster unter der Decke fiel, konnte man nur erkennen, dass ihr regloser Zeitgenosse in einen völlig verschlissenen Umhang gehüllt war. Die dunklen, langen Haare hingen wirr über die schmalen Schultern. Sein Gesicht verbarg er zwischen den Knien und nur an einem leisen Schnaufen konnte man erkennen, dass er lebte.
»Ich hoffe nur, dass es Sanna gut geht«, sagte Jeans leise. »Trotz dem Gestank hier möchte ich nicht mit ihr tauschen.«
»Ich schon«, knurrte Phillo bösartig. Mittlerweile ver-

fluchte er sich dafür, dass er nicht schneller gewesen war, als er dem Herzog noch gegenübergestanden hatte. Jetzt war Sanna alleine mit diesem widerlichen Kerl und er konnte sie nicht mehr beschützen. Sein Hals schnürte sich zusammen vor Wut, wenn er nur daran dachte.

Auch Sannas Hals fühlte sich in diesem Augenblick ziemlich eng an. Ihr war speiübel und alles drehte sich um sie herum, als sie sich mühsam an einem dicken Tischbein hochzog.

»Sieh an, unsere kleine Elhaîn ist aufgewacht«, ertönte hinter ihr eine bekannte Stimme und zwei starke Arme setzten sie in einen der schweren Stühle. Blinzelnd starrte sie den Mann an und fuhr erschrocken zurück. Es war der Kerl aus dem Wald. Nur trug er diesmal keine Rüstung, sondern einen dunkelroten Morgenmantel und hielt ihr einen silbernen Becher hin. Durch die Fenster schimmerte trübes Tageslicht und heftiger Regen trommelte gegen die Scheiben aus Bleiglas.

»Was tun Sie hier?«, würgte Sanna hervor. Das schmale Gesicht mit dem dünnen Bärtchen verschwamm immer wieder vor ihren Augen.

»Trink das erst einmal«, lächelte der Kerl sie mit seinen dünnen Lippen an. »Es ist nur Wasser, mach dir keine Sorgen.«

Sanna stieß die Hand mit dem Becher zurück und das Wasser ergoss sich über den Mantel des Mannes. Einen

kurzen Moment lang verzerrte sich sein Gesicht vor Wut, doch dann hatte er sich wieder unter Kontrolle.
»Wie du willst«, meinte er und stellte den Becher auf den Tisch. »Vielleicht hast du vorhin nicht alles mitbekommen, deshalb stelle ich mich noch einmal vor: Ich bin Herzog Darken, Fürst der nördlichen Provinz und der hiesige Statthalter des Königs. Dein Name ist Sanna?«
»Für meine Freunde«, sagte sie schwach und rieb sich die Augen. »Für den Rest Sandra.«
»Gut – Sanna.« Darken nickte und schnalzte mit der Zunge. »Ich wollte mich nur ein wenig unterhalten. Du hast ja mit Ivir . . .«
»Wo sind meine Freunde?«, unterbrach Sanna ihn böse. »Was haben Sie mit ihnen gemacht?«
»Es geht ihnen gut«, erklärte der Herzog ärgerlich. »Ich habe sie nur in einem anderen Quartier unterbringen lassen, damit sie sich ausruhen können.«
»Ich will sie sehen, und zwar . . .«
»Du sollst mir einige Fragen beantworten«, schrie er in plötzlichem Zorn und neigte sein Gesicht so nahe zu ihrem, dass sie seinen warmen Atem spürte. »Und das wirst du jetzt auch tun oder deine Freunde werden es bereuen. Bis jetzt sitzen sie nur im tiefsten Keller dieser Mauern, aber es geht ihnen gut. Das kann sich schnell ändern.«
»In Ordnung«, sagte Sanna leise. Ihr war mit einem Mal wieder bewusst geworden, in welcher Gefahr sie alle schwebten.
»Wunderbar«, lobte Darken und lehnte sich schwer at-

mend wieder zurück. »Sanna, deine rothäutige Freundin hat Kapitän Ivir erzählt, dass ihr aus einer anderen Welt kommt, wo ihr einen alten Mann getroffen habt. Ich möchte, dass du mir das alles noch einmal erzählst, und zwar so genau wie möglich.«

Sannas Gedanken rasten. Was sollte sie nur tun? Natürlich konnte sie versuchen diesen Kerl zu belügen. Doch sie hatte ja keine Ahnung, an welchen Stellen sie lügen sollte, und auch nicht, was er vielleicht schon von Jeans wusste. Schließlich begann sie einfach von ihren Erlebnissen zu berichten. Was auch immer sie sagte, schlimmer konnte ihre Situation kaum noch werden.

»Unglaublich«, rief der Herzog, als sie geendet hatte. »Da hat der alte Mann doch noch einen bösen Trick aus dem Ärmel gezogen.«

»Wieso einen bösen Trick?«, fragte Sanna matt. Sie fühlte sich mittlerweile zwar nicht mehr ganz so miserabel, war aber dafür unglaublich müde geworden.

»Nun ja«, brummte Darken und stand auf, um ein wenig umherzuwandern. »Er will sich vor seinen Gegnern retten, die ihn fast schon in ihrer Gewalt haben. Das ist ja nun einmal nichts Schlimmes, wenn auch für mich nicht gerade bequem.« Er stützte sich schwer auf den Tisch und lächelte Sanna an. »Aber dann vier unschuldige Kinder in diese fremde Welt zu schicken, damit sie sich an seiner Stelle mit dem bösen Herzog Darken herumschlagen.« Er verzog angewidert das Gesicht. »Das ist doch nicht schön, oder?«

»Anscheinend wusste er sich anders nicht mehr zu helfen«, sagte Sanna gleichgültig. Die Schauspielerei dieses Mannes ekelte sie an und sie würde den Teufel tun ihm auch nur im Kleinsten zuzustimmen!

»Du bist wirklich eine bemerkenswert verständige junge Frau«, stellte der Herzog stirnrunzelnd fest und setzte sich wieder neben sie. »Deshalb siehst du sicher ein, dass ich mir nun auch kaum mehr anders zu helfen weiß, als euch hier eine Weile sicher zu verwahren.«

»Nein, das tue ich nicht. Und ich glaube auch nicht, dass wir hier *sicher* sind.« Sanna lächelte den Mann müde an. »Sie wirken ein wenig . . . nun, wie soll ich es sagen . . . ein wenig durchgeknallt. Eigentlich sogar völlig irre. Das sehen Sie doch sicher ein?«

Einen Augenblick lang war sie selbst starr vor Schreck über ihre Worte, als Darkens bleiches Gesicht rot anlief und er die Fäuste ballte. Doch dann gewann wieder ihr Trotz die Oberhand. Beim besten Willen konnte sie diesem Kerl gegenüber nicht nett sein.

»Ich weiß nicht mehr, wann mir das letzte Mal so etwas gesagt wurde«, murmelte der Herzog und starrte in das kristallene Blau von Sannas Augen. »Trotzdem höre ich noch heute die Schreie, die den Worten folgten.«

»Dann haben Sie wahrscheinlich auch ein Problem mit den Ohren«, vermutete Sanna gähnend.

»Du bist wirklich unglaublich«, knurrte Darken, holte weit aus und gab Sanna eine Ohrfeige, die sie vom Stuhl auf den Boden schleuderte. Im ersten Moment war sie wie betäubt, doch dann kam der Schmerz und ihre Augen füllten sich mit Tränen. Wimmernd kroch sie unter den schweren Eichentisch. Plötzlich hatte sie echte Todesangst. In seinem Jähzorn war Darken vermutlich alles zuzutrauen.

Aber die Schritte des Herzogs entfernten sich von ihr. Eine Tür klappte und durch ihre Benommenheit hindurch hörte sie gedämpft das Schleifen von Metall. Dann kamen die Schritte wieder näher und Sanna bereitete sich innerlich auf einen weiteren Schlag vor. Stattdessen packte Darken ihre langen Haare und zerrte ihren Kopf in die Höhe.

»Sieh mich an!«, donnerte er.

Zitternd zwang sich Sanna ihn anzusehen. Er stand gebeugt über ihr und hielt ihr eine schmale dunkelgoldene Klinge vor das Gesicht. Die Schneide war seltsam gekerbt und gezahnt und auf den Seiten erhoben sich einzelne Rillen, fast wie bei einem Schlüssel. Das Metall funkelte seltsam in dem grauen Licht, das durch die Fensterscheiben fiel.

»Dies ist das Schwert der Alten«, flüsterte der Herzog. »Der Schlüssel zu unendlicher Macht. Und du wagst es, mich zu beleidigen!« Er ließ ihre Haare los und sie prallte fast mit dem Kopf auf den steinernen Boden. »Du wirst noch betteln mir die Füße waschen zu dürfen«, knirschte er und betrachtete gierig das Schwert in seiner Hand. »Der Wächter hat mir versprochen mich zum

mächtigsten Mann der Welt zu machen«, flüsterte er heiser. »Er hat es gelobt . . .«
Dann riss er sich mit einem Kopfschütteln von dem Anblick des gleißenden Metalls los und legte die Waffe auf den Tisch. »Doch vorerst wirst du mir erklären, was der Alte mit diesem Ding hier angestellt hat«, sagte er schwer atmend, zog den Anhänger unter dem Morgenmantel hervor und ließ ihn vor Sannas Gesicht pendeln. »Wie hat er es benutzt?«
»Keine Ahnung«, stammelte Sanna weinend. »Ich weiß es nicht.«
»Verdammte Lügnerin!«, schrie Darken und schüttelte Sanna, bis ihr schwindlig wurde. »Du bist eine Elhaîn! Du weißt es!«
»Nein!«, schrie Sanna, riss den rechten Arm hoch und schlug mit aller Kraft nach dem Gesicht des Herzogs. Ihre Hand streifte ihn nur leicht an der Stirn, doch er fuhr zurück wie vom Blitz getroffen. Seine dunklen Augen wurden glasig und er sackte in sich zusammen, das Gesicht zu einer Maske des Unglaubens verzerrt.
Zitternd versuchte Sanna sich wieder aufzurichten. Darken lag immer noch völlig reglos da und starrte aus halb geschlossenen Augen ins Leere. Das konnte nicht ihr leichter Schlag gewesen sein! Mit einem Mal begriff Sanna, dass ihr purer Wille Darken niedergestreckt hatte. Ihr neuer Körper verfügte offensichtlich über Kräfte, die sie nicht einmal im Ansatz verstand. Aber Sanna hatte keine Zeit mehr, länger darüber nachzudenken. Hastig riss sie

Darken den Anhänger vom Hals und stopfte ihn in ihre Tasche. Dann stand sie leise weinend auf und packte den mit Leder umwickelten Griff des bronzefarbenen Schwertes. Kaum hatte sie es in der Hand, da klopfte es kurz an die Tür und jemand trat ein. Die junge Frau in dem weißen Kleid starrte Sanna entsetzt an. Als sie das Schwert sah, ließ sie den Korb mit Essen fallen. Einen Moment lang zögerte Sanna, doch dann stürzte sie sich auf das Zimmermädchen und versuchte es zu packen. Mit einem spitzen Schrei wich das Mädchen zurück und stolperte über die Schwelle. Dumpf schlug ihr Kopf auf dem Boden auf und sie blieb reglos liegen.

»Lass mich in Ruhe«, grunzte Art, als Jeans ihn an der Schulter rüttelte. »Will schlafen.«
»Du hast die ganze Nacht gesägt und jetzt ist es längst Tag«, klärte Jeans ihn auf und schüttelte ihn heftig durch. »Steh endlich auf, verdammt! Wir müssen uns unterhalten.«
»Mit dir will ich mich aber nicht unterhalten«, maulte Art und richtete sich blitzschnell auf. »Oh, Gott, mein Kopf! Ich sterbe!«
»Ein Problem weniger«, brummte Phillo und blinzelte in das graue Licht, das durch das kleine Fenster in ihre Zelle schimmerte. Man hörte draußen den Regen rauschen und ein kleines Rinnsal tröpfelte an der Wand unter dem Fenster herab. Doch trotz des Regens schien vor dem Fenster reges Treiben zu herrschen. Man hörte lau-

tes Lachen von Kindern, Frauen und Männern. Pferde schnaubten und Ziegen meckerten. Scheinbar fand dort so etwas wie ein Markt statt.

Art stand unsicher auf und stützte sich gegen die feuchte Mauer. »Wo sind wir hier eigentlich?«

»In einem waschechten Kerker«, erklärte Jeans. »Und wir müssen uns jetzt überlegen, wie wir hier wieder rauskommen.«

»Gar nicht«, meldete sich eine raue Stimme zu Wort. »Nie mehr.«

Überrascht sahen sich die drei nach dem Mann in der Ecke um. Er hatte den Kopf gehoben und starrte sie aus wässrigen Augen an. Sein Gesicht war grau und eingefallen und einzelne Haarsträhnen hingen ihm über die Augen.

»Ihr werdet hier nicht mehr herauskommen«, wiederholte er düster und grinste sie irre an.

»Sie sind schon länger hier?«, vermutete Jeans stirnrunzelnd.

»Allerdings, meine Dame«, kicherte der Mann. »Seit ich dem König melden wollte, was wirklich mit Herzog Darken geschehen ist. Das muss vor etwa etwa zehn Jahren gewesen sein.«

»Was ist denn mit ihm passiert?«, fragte Art plötzlich hellwach.

»Es war jedenfalls kein Reitunfall. Oh nein, das war es nicht«, flüsterte der Kerl und ein Speichelfaden löste sich von seiner Unterlippe.

»Der ist doch irre«, murmelte Jeans.
»Ist er tot?«, fragte Art eifrig weiter.
»Wer weiß das schon? Aber jedenfalls hat nun sein kleiner Bruder das Lehen übernommen. Weil ich dem König nicht Bescheid sagen konnte, und das werde ich auch nicht mehr.« Tiefe Trauer überzog das Gesicht des Mannes. »Der König wird nie erfahren, dass der Mistkerl seinen eigenen Bruder aus dem Weg geräumt hat.«
Art sah seine Freunde ernst an. »Ich glaube, der Alte hatte Recht, als er uns vor diesem Darken gewarnt hat. Wenn er sogar seinen Bruder gekillt hat . . . Ich hoffe nur, dass wir dem nicht über den Weg laufen.«
Phillo wandte sich kopfschüttelnd ab, während Jeans tief Luft holte. »Art, wir sind ihm begegnet«, sagte sie mühsam beherrscht. »Und er hat uns in diesen beschissenen Kerker gesperrt.«
»Ach so!«, rief Art empört. »Das ist vielleicht ein Mist!«
»Wirklich?«, brummte Phillo drohend und musterte interessiert die Mauer. Sein Gesichtsausdruck machte Jeans Sorgen.
»Kapierst du es denn nicht? Ivir hat uns reingelegt!«
Art verstand es einfach nicht, wie sein Freund so ruhig sein konnte.
Phillo gab ein gurgelndes Geräusch von sich, weil er mit aller Kraft seinen Mund geschlossen hielt.
»Art«, raunte Jeans, »bitte sei jetzt *still!*«
»Warum habt ihr mich denn aufgeweckt, wenn ich still sein soll?« Art verschränkte beleidigt die Arme. »Ich

dachte, ihr wolltet euch darüber unterhalten, wie wir hier rauskommen?«

»Hier kommt ihr nicht heraus«, meldete sich der Mann zurück und verbarg kichernd den Kopf zwischen den Knie. »Nie, nie, nie!«

»Spinnt der?«, erkundigte sich Art lauthals und Jeans zuckte hilflos mit den Schultern. Langsam hatte sie den Eindruck, dass der Alte Recht haben könnte. Solange Art drauflosplapperte, konnte man keinen klaren Gedanken fassen. Und in wenigen Tagen wäre sie ihrem Zellengenossen bestimmt ähnlicher, als ihr lieb sein konnte. Sie fühlte sich plötzlich sehr müde.

Neugierig wanderte Art durch die Zelle, untersuchte die Türe und blieb schließlich unter dem Fenster stehen. »Da kommt man nicht hoch«, stellte er unzufrieden fest. »Ich würde gern mal sehen, was da draußen los ist. Hört ihr das?«

Jeans und Phillo warfen sich einen gequälten Blick zu.

»Wenn du einen Moment ruhig wärst, würden wir es vielleicht hören«, sagte Jeans erschöpft.

»Ich habe eine Idee!«, rief ihr kleiner Freund, ohne auf die Antwort zu achten. »Wenn Phillo mich da hochwirft, kann ich vielleicht hier rausklettern.«

»Da oben ist ein Gitter«, knurrte Phillo. »Und ich werfe dich gerne dagegen.«

»Okay«, erwiderte Art begeistert. »Versuchen wir es!«

»Phillo, mach keinen Scheiß!«, entfuhr es Jeans, als er auf Art zustapfte und ihn an der Hüfte packte.

»Er will es doch selber«, gab Phillo knurrend zurück.
»Na klar!«, bekräftigte Art und fixierte das Gitter, das gute zwei Meter über ihren Köpfen in der dicken Mauer befestigt war. »Los, mach schon!«
Phillo holte aus und schleuderte seinen Freund in die Luft. Im nächsten Moment breitete er die Arme aus, um ihn wieder aufzufangen. Doch Arts kleine Hände schlossen sich um die rostigen Eisenstangen und schon hing er.
»Und jetzt?«, fragte Jeans besorgt. »Phillo, fang ihn bloß wieder auf!«
»Da draußen ist so etwas wie ein Markt, glaube ich«, erzählte Art. »Direkt vor dem Fenster steht ein Karren, und da sind ganz viele Menschen und da läuft ein Hund und . . .«
»Gut, in Ordnung, komm jetzt wieder runter, bevor dich jemand sieht!«, rief Jeans. »Phillo fängt dich auf.«
»Ich glaube, ich komme hier durch«, rief Art und begann sich zwischen den Stangen hindurchzuwinden.
»Lass den Unsinn und komm wieder runter!«, rief Phillo. »Du bleibst noch stecken!«
»Nein, es geht schon«, beruhigte Art ihn und schlüpfte durch das Gitter. Noch einmal erschien sein pelziger Kopf in dem Fenster. »Das ist vielleicht ein Scheißwetter hier«, teilte er den anderen mit. »Ich schaue mal, ob ich die Türe von der anderen Seite aufmachen kann, okay? Ich bin gleich wieder da.« Mit diesen Worten war er verschwunden.

Phillo und Jeans starrten sich an. »Er ist weg«, stellte Phillo verblüfft fest. »Er ist wirklich durch dieses Gitter gekommen.«
»Und er will uns aufmachen«, sagte Jeans. »Ich glaube, mir ist gar nicht so wohl bei der Vorstellung, dass der kleine Spinner uns retten will.«
»Allerdings. Und jetzt sollten wir uns um unseren neuen Freund hier kümmern. Ich glaube, er hat einen Anfall.«
Jeans folgte Phillos besorgtem Blick. Der starrte immer noch mit weit aufgerissenen Augen auf das Fenster, durch das Art gerade verschwunden war, und seine Lippen bebten vor Entsetzen.

Sanna wanderte ziellos durch die Gänge, den Kopf tief gesenkt. In ihrem Kopf pochte ein dumpfer Schmerz und ihre Beine zitterten so sehr, dass sie Angst hatte, jeden Moment hinzufallen. Doch anscheinend fiel es niemanden auf. Die Soldaten, an denen sie vorüberlief, kümmerten sich überhaupt nicht um sie. Das weiße Kleid mit der Kapuze und der Korb über ihrem Arm schienen sie völlig unsichtbar für die anderen Bewohner der Burg zu machen. Nur einmal starrte ihr ein anderes Zimmermädchen verwirrt hinterher, sprach sie aber nicht an. Das Bronzeschwert hatte sie einfach durch den Gürtel ihrer Hose gesteckt. Jetzt musste sie nur zusehen, dass sie die anderen fand, ehe die Besitzerin der Kleider oder der Herzog wieder aufwachten.

»Bis jetzt sitzen sie nur im tiefsten Keller dieser Mauern«, hatte Darken gesagt. Auch wenn dieser Hinweis nicht besonders genau war, reichte er Sanna doch fürs Erste. Wann immer sie auf eine Treppe stieß, ging sie nach unten. Es verging bestimmt eine halbe Stunde, in der sie durch die Keller der Burg irrte. Schließlich lief sie einen langen Gang mit niedriger, gewölbter Decke entlang. Es roch nach Moder und Fäulnis und die wenigen Fackeln tauchten alles in ein unheimliches Dämmerlicht. Als sie um eine Ecke bog, erstarrte sie vor Schreck. Vor einer schweren Tür mit drei dicken Eisenriegeln standen zwei Soldaten und warfen ihr einen gleichgültigen Blick zu.

»Kommst du endlich?«, brummte der eine. »Ich dachte schon, der Herzog wollte sie verhungern lassen.«

»Wäre mir nur recht«, meinte der andere und spuckte aus. »Diese Wesen sind mir unheimlich. Vor allem die Echse!« Sanna kam langsam näher und versuchte sich trotz der Schmerzen in ihrem Kopf zu einem Lächeln zu zwingen.

»Diese Monster aufzuspießen – gut, das wäre in Ordnung«, widersprach der andere schulterzuckend und kniete vor der Türe nieder. Am unteren Ende war eine Klappe angebracht, deren Riegel er nun zurückschob. »Aber verhungern lassen sollte man niemanden, das ist einfach zu grausam.« Damit nahm er Sanna den Korb aus der Hand und begann den Inhalt einfach durch die kleine Öffnung zu werfen. Sanna bebte vor Aufregung.

Die anderen waren wirklich in dieser Zelle! Jetzt musste sie sich nur noch etwas einfallen lassen, wie sie diese Wachen loswurde.
»Diese Kerle werden vielleicht verwöhnt«, staunte der andere und betrachtete gierig das Essen in dem Korb. »So was hab ich hier noch nicht gesehen! Wer hat denn das angeordnet?« Er sah Sanna forschend an, die den Kopf noch weiter senkte. »Moment mal! Ich kenne dich gar nicht. Bist du neu hier?«
»Seit zwei Wochen«, nuschelte Sanna. Der Mann packte ihr Kinn und zwang sie ihm ins Gesicht zu sehen. Seine Finger bohrten sich schmerzhaft in die Backe, an der sie die flache Hand des Herzogs getroffen hatte.
»Mein Gott, bist du ein hübsches Ding«, staunte er. »Und so braun gebrannt. Na, komm, gib mir einen Kuss und dann kannst du wieder gehen.« Er beugte sich zu ihr herunter und versuchte seinen Mund auf den ihren zu drücken. Sanna schrie verzweifelt auf und wehrte sich gegen den harten Griff des Soldaten.

Wie ein kleiner Schatten huschte Art durch den Hof. In der Menschenmasse konnte er wunderbar untertauchen. Keiner der Soldaten sah ihn, als er hinter einer dicken Frau in das Hauptgebäude der Burg schlüpfte. Zur Sicherheit nahm er im Vorbeigehen noch schnell einen kleinen Mantel mit, den ein Kind am Stand seiner Mutter abgelegt hatte, um ihn beim Fangenspielen nicht zu beschmutzen.

Bewaffnet mit dem Mantel und einem Korb Äpfeln, den er irgendwo aufgelesen hatte, schlich er durch die Gänge der Burg. Ein Gefühl sagte ihm sehr genau, wo er entlanggehen musste, um zu ihrer Zelle zu gelangen. Schließlich erreichte er einen finsteren Gang im Keller, der völlig leer war. Irgendwo entfernten sich leise Schritte. Nachdem er eine Weile gelauscht hatte, zog er sich schnell die Kapuze des Mantels vom Kopf. Mittlerweile störte ihn das Gefühl von Stoff auf seinem Fell. Am liebsten hätte er den Mantel ganz ausgezogen. Aber das wäre zu unvorsichtig gewesen. Aufgeregt lief er weiter. Seinem Gefühl nach musste er die Zelle fast erreicht haben, als er vor sich Männerstimmen hörte. Und dann plötzlich schrie eine Frau panisch auf – es war Sanna!

Einen Moment zögerte er, doch dann rannte er los. Den Korb warf er beiseite und eine Flut von Äpfeln ergoss sich auf den Steinboden. Der Mantel verhedderte sich zwischen seinen Beinen, und gerade als er zu der Ecke kam, hinter der er den Schrei gehört hatte, fiel er hin. Er rollte über den Boden und wurde von dem verfluchten Mantel völlig eingewickelt. Hastig kämpfte er sich aus dem nassen Stoff und stand auf.

»Das gibt's doch nicht!«, keuchte der Soldat und ließ Sanna los. »Da ist dieser Affe! Der müsste in der Zelle sein!«

»Los, pack ihn dir!«, bellte sein Kamerad und beide rannten los, auf den völlig verdatterten Art zu. Sobald er die Männer wahrnahm, die mit gezogenen Schwertern auf ihn zustürmten, floh er augenblicklich den düsteren Gang hinunter.

»Bleib an der Türe stehen und ruf laut, wenn jemand versucht zu öffnen!«, befahl der eine Soldat Sanna noch, bevor er um die Ecke bog. Ein paar Sekunden später schrie einer der beiden auf und stürzte schwer auf den Rücken, als er auf einen der Äpfel trat. Sein Schwert rutschte klirrend über den Boden. Arts gackerndes Lachen hallte leise durch den Keller.

Völlig verwirrt, starrte Sanna den beiden hinterher. Das war wirklich Art gewesen, der sich dort aus dem Staub gemacht hatte. Aber wie um alles in der Welt kam er in diesen Gang? Eigentlich sollte er doch in der Zelle sein, das hatte ja auch der Soldat gesagt. Irgendwie musste er es geschafft haben, aus dem Kerker auszubrechen. Schließlich wischte Sanna den Gedanken beiseite und wandte sich entschlossen der Tür zu. Die Riegel quietschten leise, als sie sie zurückschob. Kaum hatte sie die Türe ein Stück weit aufgedrückt, als sie von innen weit aufgerissen wurden und ihr ein gewaltiger schwarzer Schatten mit gelb glühenden Augen gegenüberstand, die Rechte drohend zum Schlag erhoben.

»Sanna!«, zischte Phillo und ließ den Arm sinken, während hinter ihm Jeans' Kopf mit den roten Zotteln auftauchte. »Das gibt's doch nicht! Was machst du hier?«

»Euch befreien«, stieß Sanna hervor und sackte in sich

zusammen. Nun, da sie die anderen bei sich wusste, verließen sie fast die Kräfte.
»Was ist mit dir los?«, rief Jeans und kniete neben ihr nieder. »Bist du verletzt?«
»Ich bin okay«, flüsterte Sanna und ihre Augen füllten sich mit Tränen der Erleichterung. »Er hat mich ... dieser verdammte Mistkerl ... er hat mich verprügelt ... und dann habe ich ihn geschlagen. Er ist ohnmächtig geworden und dann kam das Zimmermädchen ...«
Jeans und Phillo warfen einander finstere Blicke zu, während Sanna zu heulen anfing. In Phillos Augen pulsierte ein böses Glühen, während Jeans die schluchzende Sanna in den Arm nahm und leise wiegte.
»Wir müssen Art helfen«, stieß Sanna plötzlich hervor und fuhr hoch. »Er war dort hinten und die beiden Männer sind hinter ihm her.«
»Verdammt, er hat es sogar geschafft«, knurrte Phillo. »Ich hätte wetten können, dass er sofort wieder geschnappt wird.«
»Ohne ihn hätte ich euch gar nicht rauslassen können. Wir müssen hinter ihm her!« Sanna rappelte sich wieder auf und die drei liefen den Gang hinunter. Kaum hatten sie sich in Bewegung gesetzt, als in der Ferne jemand wütend aufschrie.
»Das war Art!«, rief Jeans und rannte um die Ecke. Vor ihr rappelte sich der eine Wächter gerade benommen auf. Sie versuchte zu bremsen, um nicht über ihn zu stolpern. Doch plötzlich rutschte sie auf etwas aus und

segelte durch die Luft. Der Soldat konnte ihr nicht mehr ausweichen und sie prallte mit voller Wucht gegen ihn.
»Bist du okay?«, fragte Sanna und half ihrer stöhnenden Freundin wieder auf die Füße, während Phillo sich nur kurz nach ihnen umsah, dann wieder losrannte.
»Ich schon«, ächzte Jeans und warf einen kurzen Blick auf den Soldaten, der ihren Sturz unfreiwillig abgefangen hatte. Er war erneut ohnmächtig geworden. »Bin ich wirklich so fett?«
Mit langen Sätzen rannte Phillo in Richtung der wütenden Schreie. Schließlich bog er um eine Ecke und prallte gegen den anderen Soldaten, der den strampelnden und kreischenden Art unter dem Arm trug.
»Du?«, stieß der Mann noch verblüfft hervor, als Phillo weit ausholte und ihm die Faust ins Gesicht schmetterte. Die Augen des Mannes verdrehten sich und er sackte in sich zusammen.
»Art, bist du in Ordnung?«, rief Phillo und zog seinen stöhnenden Freund unter dem reglosen Körper des Soldaten hervor. »Verdammt, sag etwas?«
»Der Mistkerl hat mir alle Rippen gebrochen«, beschwerte sich Art und betastete seinen Brustkorb. »Wie kann man nur so brutal sein?«
»Äh, keine Ahnung«, meinte Phillo und betrachtete das blutbeschmierte Gesicht des Soldaten, während Jeans und Sanna keuchend hinter ihnen auftauchten.
Jeans sah erwartungsvoll in die Runde. »Okay, was machen wir jetzt?«

»Wir müssen die Kerle wegschaffen, bevor jemand über sie stolpert oder sie wieder aufwachen«, überlegte Sanna. Sie stand immer noch ein wenig gebeugt da und in ihrem Gesicht stand deutlich der Schmerz geschrieben.
»Guter Gedanke«, sagte Phillo und warf sich den Soldaten ohne große Mühe über die Schulter.
Wenige Minuten später hatten sie die beiden Männer in ihre Zelle gebracht und die Äpfel wieder aufgesammelt. Jeans deutete verstohlen auf den Mann in der Ecke und warf den anderen einen fragenden Blick zu. Er hatte sein Gesicht wieder zwischen den Knien verborgen und sang leise vor sich hin.
»Keine Ahnung«, brummte Phillo. »Mitnehmen können wir ihn doch wohl nicht.«
»Aber hier lassen schon gar nicht«, warf Sanna ein, die gerade den Soldaten die Mäntel auszog. »Das bringe ich nicht übers Herz.«
»Was ist mit Ihnen?«, fragte Art ihn einfach und zupfte ihn an der Schulter. »Sollen wir Sie wieder einsperren? Oder wollen Sie raus?«
Der Mann sah zu ihm hoch und dann auf die Zellentür.
»Ihr kommt hier nie raus!«, sabberte er und packte Art an der Hand. »Nie, versteht ihr? Hier kommt keiner raus, keiner!«
»Wir schon«, widersprach Art ihm und entwand sich seinem Griff. »Wollen Sie jetzt mitkommen oder nicht? Wir müssen nämlich weg.«
»Keiner!«, schrie der Kerl wütend. »Ich bin hier alt ge-

worden und es ist keiner rausgekommen. Ich nicht, ihr nicht, keiner!« Damit steckte er den Kopf zwischen die Knie und sang wieder weiter.
»Er will nicht mit«, stellte Art schulterzuckend fest. »Anscheinend gefällt es ihm ganz gut hier.«
»Anscheinend«, meinte Jeans skeptisch, nahm einen Mantel von Sanna entgegen und warf ihn sich über. »Ich hoffe nur, dass das funktioniert.«
»Eine bessere Verkleidung finden wir jetzt nicht«, stellte Phillo fest und warf sich die Kapuze seines Mantels über den schwarzen Kopf, sodass seine Augen unheimlich im Schatten darunter glühten. »Es muss so gehen.«
Damit griff er sich das Schwert des einen Soldaten und wog es in der Hand.
»Warte, Phillo!«, rief Sanna und nestelte unter ihrem Kleid herum. »Ich habe etwas anderes gefunden.« Sie zog das gezackte Schwert hervor und reichte es ihm. »Das hat der Herzog mir gezeigt und ich habe es zur Vorsicht mitgenommen. Es muss ihm sehr wichtig sein. Er hat etwas von einem ›Schwert der Alten‹ gefaselt.«
»Was?«, rief Jeans. »Das hat der alte Mann auch gesagt, bevor er uns hierher geschickt hat. Wir sollten doch den König warnen, dass Darken dieses Schwert hat.«
»Stimmt!«, rief Art begeistert. »Zeig mal her, Phillo!«
»Dafür haben wir jetzt keine Zeit«, sagte Phillo, steckte die seltsame Klinge in die Scheide des einen Soldaten

und band sich den Gurt um. »Wir müssen jetzt machen, dass wir endlich wegkommen.«
»Gute Idee!«, stimmte Jeans ihm von Herzen zu und die vier Freunde machten sich eilig auf den Weg.

TROTZ ihrer Verkleidung bemühten sich die Freunde ungesehen zu bleiben. Sie warteten in irgendeinem dunklen Winkel, während Sanna vorausging und prüfte, ob die Luft rein war. Im Gebäude selbst waren nicht allzu viele Leute unterwegs und schnell hatten sie über einen unbeobachteten kleinen Gang den Hof erreicht.

Der Regen war sogar noch stärker geworden und in der dichten Menge von Kapuzen fielen sie überhaupt nicht auf. Doch dann sahen sie mit Schrecken, dass das Burgtor von mehreren Soldaten bewacht wurde, die jeden genau musterten, der an ihnen vorüberging.

»Mit den Soldatenmänteln kommen wir hier nie raus«, raunte Phillo. »Wir müssen uns etwas anderes ausdenken, und zwar schnell.«

»Dahinten können wir uns unterhalten«, sagte Sanna nur und führte sie zwischen den verschiedenen Ständen hindurch, bis sie eine Ecke erreichten, die sie fürs Erste vor neugierigen Blicken schützen sollte.

»Wir können nicht einfach so an den Wachen vorbeispazieren.« Jeans spähte zu dem Tor hinüber und beobachtete die Soldaten. »Wir müssen uns entweder eine bessere Verkleidung suchen oder einen anderen Weg nehmen.«

»Bei uns nützt doch die beste Verkleidung nichts«, meinte Phillo. »Es sei denn, ich gehe als Mumie.«
»Was ist mit den Wagen?«, überlegte Sanna und sah einem Händler nach, der gerade mit seinem Ochsengespann durch das Tor rumpelte. Über die Ladefläche hatte er eine Plane gespannt, um seine Ware vor dem Regen zu schützen. »Die Wachen kontrollieren sie nicht.«
»Wenn sie uns erwischen, sitzen wir in der Falle«, gab Phillo zu bedenken.
»Aber wir haben nicht besonders viele Möglichkeiten, wenn ich es richtig sehe. Und wir müssen uns beeilen. Sobald der Herzog aufgewacht ist, sind wir am Ende. Dann werden sie bestimmt noch etwas mehr als nur die Wagen kontrollieren. Und dieser Karren da scheint mir recht geeignet«, sagte Jeans und deutete auf ein Ochsenfuhrwerk, das der Händler gerade fertig beladen hatte. Er hatte die Plane noch nicht festgezurrt, sondern nur lose darüber gebreitet und ging gerade los, um scheinbar noch mit einem anderen Mann zu sprechen.
»Du hast Recht«, gab Phillo zu. »Auf geht's! Und nicht zu hastig.«
Möglichst unauffällig schlenderten die vier zu dem Fuhrwerk und verschwanden dahinter. Kein Mensch schien sich um sie zu kümmern und sie schlüpften hastig unter die feuchte Plane. Bis auf ein paar Stoffbündel war die Ladefläche leer, sodass die Entflohenen sogar ausreichend Platz hatten. Art spähte gespannt unter dem Stoff hervor.

»Er kommt«, flüsterte er. »Und eine Frau ist dabei. Ich glaube, jetzt geht es los.«

»Dann zieh deinen verdammten Schädel ein!«, zischte Jeans, zerrte ihn zu sich herunter und hielt ihm vorsichtshalber den Mund zu.

»Gut, dann bringe ich nächsten Monat drei Dutzend mehr mit«, hörten sie die Stimmen des Händlers gedämpft neben dem Wagen, während er an der Plane herumzerrte. »Oder noch mehr?«

»Das sollte dann wirklich reichen«, erwiderte die Frau lachend. »Und das nächste Mal nehme ich dir das verschimmelte Zeug nicht mehr ab, verstanden?«

»Beim Leben meiner Frau, ich habe dir noch nie schlechte Ware gegeben«, beteuerte der Mann in scherzhaftem Ton und beide lachten.

»Deine Frau tut mir jetzt schon Leid. Grüße sie von mir, solange sie noch lebt.«

»Das werde ich. Bis dann.« Der Wagen schwankte, als der Mann sich auf den Kutschbock schwang. »Na los, du müdes Vieh! Lass uns aus dem Regen verschwinden!« Eine Peitsche schnalzte und der Karren setzte sich mit einem Ruck in Bewegung. Die Kinder lagen still da und lauschten.

»Na, Frik, schon alle Betrügereien erledigt?«, rief eine mürrische Stimme vor ihnen.

»Gute Ware geht schnell weg«, gab der Händler lachend zurück. »Und jetzt geht's nach Hause, vor den warmen Ofen. Sag, wie lange darfst du noch im Regen stehen?«

»Weniger lang als du, wenn du nicht Acht gibst«, schnaubte eine andere Stimme.
»Lass ihn in Ruhe, ich kenne den alten Halsabschneider«, brummte der Erste. »Bis nächstes Mal, Frik.«
»Danke, bis zum nächsten Mal!«, rief der Händler fröhlich. Dann polterten die Hufe des Ochsen auf der Zugbrücke und bald knirschten die Räder des Karrens über den Kies der Straße. »Verdammte Dreckskerle!«, knurrte der Händler leise, sobald sie außer Hörweite der Burg waren. »Na, komm, mein Alter, schwing die Hufe!«
Der Wagen rollte knarrend und schwankend immer weiter durch den Regen. Gespannt lagen die Kinder unter der Plane und drückten einander immer wieder aufgeregt die Hände. Sie hatten es tatsächlich geschafft, sie waren aus der Burg entkommen!

Nach etwa einer Stunde hielt der Karren an und der Händler sprang vom Kutschbock. Sobald seine Schritte sich entfernt hatten, lugte Art unter der Plane hervor.
»Was siehst du?«, zischte Jeans leise. »Sag schon, wo sind wir?«
»In der Stadt, glaube ich«, erklärte Art. »Wir stehen vor einem großen Haus. Daneben ist ein Stall und dahinter ist ein Baum und ich glaube, dass . . .«
»Beobachtet uns jemand?«, unterbrach Sanna ihn energisch. »Können wir hier raus?«
»Ich glaube schon, aber ihr müsstet mal auf der anderen Seite nachsehen.«

Phillo lugte auf seiner Seite durch den Spalt zwischen Plane und Karren. »Hier ist auch niemand zu sehen«, sagte er leise. »Der Regen scheint alle in die Häuser getrieben zu haben.«

»Dann nichts wie raus hier!«, meinte Jeans. »Ich ersticke gleich. Und es tropft mir dauernd ins Gesicht. Art, kannst du hier rausschlüpfen und die Plane lockern?«

»Ich versuche es mal«, erwiderte Art eifrig und quetschte sich durch den Spalt, den Phillo ihm aufhielt. Draußen fiel er zu Boden, rappelte sich auf und sah sich noch einmal um. Sie waren wirklich in der kleinen Stadt, durch die sie auf dem Weg zur Burg geritten waren. Dank dem Regen war die Straße wie leer gefegt. Hastig fummelte er so lange an den Schnüren der Plane herum, bis die anderen auch herauskonnten.

»Und jetzt?«, fragte Sanna und sah sich besorgt um. »Was machen wir?«

»Erst einmal weg von der Straße«, sagte Jeans knapp und steuerte auf den Stall neben dem Haus zu. Leise huschten die vier in den warmen Schatten des Holzschuppens. Die Pferde stampften beunruhigt mit den Hufen, sobald Phillo eintrat, beruhigten sich dann aber schnell wieder.

»Das hätten wir geschafft!«, seufzte Sanna erleichtert und lehnte sich gegen eine Wand. »Ich bin so verdammt froh, dass wir diesen Mist hinter uns haben.«

»Ich glaube nicht, dass wir in Sicherheit sind«, brummte Phillo. »Aber wenigstens sind wir auch nicht mehr direkt in Gefahr.«

»Das hast du gesagt«, schnaubte Jeans stirnrunzelnd. »Hört ihr das?«

Die anderen hielten den Atem an und lauschten. In der Ferne drang das Donnern vieler Hufe durch den Regen. Es kam rasch näher und dann sprengten schon die ersten Soldaten die Straße hinunter.

»Alles durchsuchen!«, schrie der Anführer. »Zehn Goldmark demjenigen, der sie schnappt!«

»Verdammt!«, knurrte Phillo. »Sie suchen uns! Wir müssen hier weg!«

»Der Herzog ist anscheinend wieder aufgewacht«, murmelte Sanna schreckensbleich. Allein der Gedanke an diesen furchtbaren Mann ließ sie erschaudern.

»Sie kommen hierher!«, rief Art, der die Soldaten von der Tür aus beobachtete.

»Dahinten ist noch eine Tür!«, schnappte Jeans. »Los, macht schon!«

Hastig rappelten sich die Kinder auf und stürmten durch die Öffnung auf der anderen Seite des Stalls. Sie führte in einen kleinen Hof, der von einem Bretterzaun umgeben war. Einige große Fässer und eine Menge Brennholz lagerten hier unter einem grob gezimmerten Verschlag. Überall jenseits des Zauns dröhnten Hufe und Stimmen schrien Anweisungen.

»Hier kommen wir nicht weiter!«, stellte Sanna entsetzt fest. »Wir brauchen ein Versteck!«

Jeans' Blick fiel auf die Rückseite des Hauses. »Da ist noch eine Tür«, sagte sie. »Ich bin dafür, dass wir es im

Haus versuchen. Hier gibt es jedenfalls keine Ritze, die groß genug für uns wäre.«

»Einverstanden«, stimmte Phillo zu und machte leise die Türe auf. Sie führte in einen schmalen Gang mit mehreren Türen, von dem eine Treppe nach oben und unten wegführte. Leise traten sie ein und lauschten. Aus einer der Türen hörten sie laute Stimmen und Gelächter.

»Scheint ein Gasthaus zu sein«, flüsterte Sanna. »Und jetzt?«

»Im Keller sitzen wir völlig in der Falle«, flüsterte Jeans zurück. »Ich bin dafür, es mal oben zu versuchen.«

»Ich auch«, sagte Art begeistert. »Dann können wir immer noch aus dem Fenster springen.«

»Wunderbar«, sagte Sanna schwach. »Dann geht endlich weiter!«

Das Knarren der hölzernen Stufen erschien ihr so laut, als müsste es in der ganzen Stadt zu hören sein. Kaum waren sie oben angekommen, als unten die Haustür aufgestoßen wurde und die ersten Soldaten in den Gang stürmten.

»Vier Männer nach oben, der Rest sucht hier unten!«, bellte eine heisere Stimme. Sofort polterten Schritte die Treppe hinauf.

»Dahinein!«, flüsterte Phillo und stieß eine der Türen hinter ihnen auf. Die anderen stürmten ihm nach und Sanna schob hastig den Riegel von innen vor. Erst dann sah sie sich um. Ihre Freunde starrten einen Mann an, der an einem Tisch saß und einen Federkiel in der Hand hielt. Er mochte etwa fünfzig Jahre alt sein. Sein Haar war von demselben Eisgrau wie der Bart, der sein breites Gesicht umrahmte. Die blauen Augen blitzten die Eindringlinge kühl an und sein Mund verzog sich zu einem schmalen Lächeln. Er trug eine Hose aus schwarzem Leder und ein dunkelrotes Samthemd.

»Wer seid ihr?«, fragte er mit einer ruhigen dunklen Stimme und stand langsam auf. Seine Schultern waren sogar noch breiter als die von Phillo.

»Seien Sie still!«, befahl Phillo, zog ungeschickt das Schwert und richtete es gegen den Mann. »Wenn jemand danach fragt, wir sind nicht hier! Verstanden?«

Die Augen des Mannes weiteten sich, als er das Schwert sah. »Woher hast du das?«, fragte er mit tonloser Stimme.

»Das geht Sie nichts an!«, knurrte Phillo. »Haben Sie verstanden, was ich gesagt . . .«

»Du hältst das Schwert des Königs in der Hand«, unterbrach ihn der Mann unbeeindruckt und machte einen Schritt nach vorne. »Es ist sein Eigentum, und wenn du es mir jetzt übergibst, werde ich dafür sorgen, dass euch allen ein mildes Urteil . . .«

»Verdammt, wir wollen es doch Ihrem Mistkönig geben!«, schimpfte Sanna mit gedämpfter Stimme. »Wir wollen ihm sagen, dass Herzog Darken es hatte, und jetzt sind seine Männer hinter uns her!«

»Was?«, fragte der Mann völlig verblüfft. »Darken hatte . . .«

Die Türe erbebte unter einigen heftigen Schlägen. »Öff-

net, im Namen des Herzogs!«, befahl eine wohl bekannte Stimme. »Macht sofort auf oder es wird Euch Leid tun!«
»Ivir!«, murmelte Jeans und ballte die Fäuste.
»Helfen Sie uns!«, wisperte Sanna und sah den Mann flehentlich an.
»Na, los!«, flüsterte Phillo und hob noch einmal drohend das Schwert. Der Mann warf ihm nur einen kurzen Blick zu. »Einen Moment!«, rief er und bedeutete ihnen mit einem Wink neben die Türe zu treten. Leise drängten sich die Kinder gegen die Seite der Wand, an der sie verdeckt waren.
Der Mann schob den Riegel zurück und öffnete die Tür einen Spalt weit. »Was ist hier los?«, fragte er barsch. »Was wollt Ihr von mir, Kapitän?«
Einen Moment lang herrschte Stille. »Na, so was«, erwiderte Ivir schließlich. »Fürst Morgan persönlich! Ich dachte, Ihr wärt heute früh abgereist.«
»Bei dem Hundewetter geht ein alter Mann nicht mehr vor die Tür, Kapitän«, schnaubte der Mann. »Und jetzt seid so gut und sagt rasch, was Ihr von mir wollt.«
»Wir suchen vier Verbrecher, die fremdartig aussehen«, teilte Ivir ihm zögerlich mit. »Sie sind leicht zu erkennen. Es sind eine Khuzum, ein Khoganer, ein Lherram und eine Elhaîn. Sie haben den Herzog . . .«
»Einen Moment, Kapitän«, unterbrach Morgan ihn. »Und diese vier sucht Ihr in meinem Zimmer? Meint Ihr nicht, dass ich es bemerkt hätte, wenn diese seltsamen Wesen unter mein Bett geschlüpft wären?«

»Ich wusste nicht, dass Ihr noch in der Gegend seid, mein Fürst«, entschuldigte sich Ivir nach einer kurzen Pause.
»Meine Männer sitzen unten, verdammt! Haben sie Euren Leuten etwa nichts gesagt?«
»Ich habe noch nicht mit ihnen gesprochen«, gab Ivir zu. »Kann es sein, dass Ihr diese Wesen gesehen habt? Sie müssen sich in der Umgebung aufhalten.«
»Ich war den ganzen Tag in meinem Zimmer. Verschwendet nicht Eure und meine Zeit mit diesem Unsinn, Kapitän.«
»Entschuldigt bitte die Störung, mein Fürst«, sagte Ivir. »Wann werdet Ihr abreisen? Wenn Ihr noch länger hier verweilen wollt, besteht der Herzog sicher darauf, Euch eine bessere Unterkunft zu stellen.«
»Ich werde abreisen, sobald der Regen nachlässt«, erwiderte der Mann knapp. »Einen guten Tag wünsche ich Euch und viel Erfolg.«
Die Freunde sahen es förmlich vor sich, wie Ivir zögerte. »Danke, mein Fürst«, sagte er schließlich. »Und Euch eine gute Reise. Richtet dem König meine Verehrung aus.«
Ohne eine Antwort knallte der Mann die Tür zu und schob den Riegel vor. Er atmete tief durch und entspannte sich dann wieder. Bevor die vier etwas sagen konnten, legte er den Finger an die Lippen und setzte sich wieder an den Tisch. Draußen polterten die Soldaten noch eine Weile herum und verschwanden dann

schließlich. Erst jetzt wagten die Freunde sich wieder zu rühren.
»Danke«, sagte Sanna leise und setzte sich erschöpft auf das zerwühlte Bett des Mannes. »Das war sehr nett.«
»Dieser verfluchte Mistkerl!«, schnaubte Jeans und ließ sich neben ihr nieder. »Wir sind also Verbrecher, ja? Und er? Was ist er dann?«
»Warum hat Ivir denn so einen Respekt vor Ihnen?«, fragte Art und spähte über die Kante des Tisches auf die Papiere, die dort lagen.
»Ich bin Fürst Morgan, Feldmarschall des Königs«, stellte der Mann sich vor und schob die Papiere zusammen, bevor Art etwas lesen konnte. »Deswegen hat der Kapitän Respekt vor mir. Und nun zu euch: Wer seid ihr, woher kommt ihr und warum habt ihr dieses Schwert?«
Die Freunde warfen einander fragende Blicke zu und sahen schließlich erwartungsvoll Sanna an.
»Haben Sie etwas Zeit?«, fragte Sanna ihren Beschützer. Als der nur nickte und sich zurücklehnte, begann sie einfach damit, ihm die ganze Geschichte zu erzählen. Sie berichtete von dem Alten im Park, von ihrer Flucht vor dem Herzog und den Schattenfressern, den Grauhäutern und davon, wie sie Ivir begegnet waren. Ein leichtes Schmunzeln glitt über Fürst Morgans Gesicht, als Sanna von ihrem Kampf mit Darken und ihrer Flucht erzählte. »Und so sind wir in diesem Zimmer gelandet«, schloss Sanna erschöpft. »Das ist alles.«
Der Feldmarschall rieb sich das breite Gesicht. »Eine

sehr interessante Geschichte«, brummte er und sah Phillo an. »Gebt mir jetzt das Schwert!«
Einen kurzen Augenblick zögerte Phillo. Doch dann schnallte er den Gurt ab und reichte ihn dem Mann. Der nahm die Waffe entgegen und zog sie ein Stück weit aus der Scheide.
»Das Schwert der Alten, kein Zweifel«, sagte er schließlich, schob die Klinge zurück und stand auf. »Ich spreche euch allen im Namen des Königs unseren Dank aus. Ihr habt vielleicht das ganze Reich gerettet.«
»Cool!«, rief Art begeistert. »Was ist denn eigentlich an diesem Schwert so besonders?«
»Das werde ich euch erzählen, aber nun gibt es zuerst einmal Dringenderes zu tun. Wir müssen sehen, dass wir euch vor der Verfolgung des Herzogs retten und dem König sein Eigentum zurückbringen. Wartet hier, ich komme gleich wieder. Und verriegelt die Türe hinter mir!« Mit diesen Worten trat er in den Gang hinaus.
Jeans schob eilig den Riegel vor und sah sich in der Runde um. »Diesen Typen zu treffen war ziemlich geschickt von uns«, sagte sie grinsend. »Er ist anscheinend der Erste, der uns wirklich helfen will.«
»Hilfe konnten wir auch dringend gebrauchen«, brummte Phillo. »Nur gut, dass Sanna das Ding da mitgenommen hat.« Er deutete auf das Schwert, das der Feldmarschall auf dem Tisch liegen gelassen hatte.
»Allerdings«, stimmte Art eifrig zu. »Aber jetzt will ich

wirklich langsam wissen, warum alle hinter dem Teil her sind.«
»Beruhige dich, er will es uns ja noch sagen«, mahnte ihn Sanna. »Bis dahin wirst du dich doch gedulden können, oder?«
»Mich würde es viel mehr interessieren, was er mit uns vorhat«, sagte Jeans. »Es ist ja sehr beruhigend, dass er uns vor dem Herzog retten will. Aber so versessen wie der auf dieses verdammte Schwert ist, wird er auch vor unserem Beschützer nicht Halt machen.«
»Er ist nicht alleine«, erinnerte Sanna sie. »Zu Ivir hat er doch etwas von seinen Männern gesagt, wenn ich mich nicht verhört habe.«
Draußen ertönten Schritte und jemand klopfte leise an die Türe. »Ich bin's, Morgan«, brummte der Feldmarschall. »Macht auf.«
Sobald Jeans den Riegel zurückgeschoben hatte, trat Fürst Morgan zusammen mit fünf weiteren Männern ein. Sie trugen derbe Sachen aus Leder und dunklen Stoffen und alle hatten ein Schwert am Gürtel hängen. Ihre Haare waren kurz geschnitten und die Narben in ihren Gesichtern zeigten, dass sie alle schon den einen oder anderen Kampf hinter sich hatten.
»Dies sind meine Männer«, stellte der Feldmarschall sie vor. »Roddan, Laurel, Richard, Khalar und Layem.«
Als ihr Name genannt wurde, verbeugten sich die Männer knapp. »Und dies sind unsere neuen Verbündeten: Jeans, Sanna, Art und Phillo.« Auch die Freunde ver-

beugten sich kurz. Nur Art war so damit beschäftigt, die Männer zu mustern, dass er es vergaß. »Unsere fremdartigen Freunde hier haben uns das Schwert des Königs zurückgebracht«, erklärte Fürst Morgan und deutete auf den Tisch. Die fünf Männer stießen Rufe des Erstaunens aus, als sie die Waffe sahen.

»Das ist fürwahr ein Geschenk Gottes, mein Fürst«, sagte Roddan und warf den Freunden einen respektvollen Blick zu. »Wo habt ihr es gefunden, wenn ich fragen darf?«

»In der Hand von Herzog Darken«, erwiderte Jeans spöttisch.

Die Männer starrten sie mit zusammengekniffenen Augen an. »Darken hatte es tatsächlich!«, knirschte Laurel. »Der verfluchte Verräter!«

»Was ist mit Ulrik?«, fragte Khalar hastig. »Sagt, wisst ihr etwas von ihm?«

»Für Ulrik können wir momentan nichts tun«, stellte der Feldmarschall entschieden fest, bevor noch einer der Freunde antworten konnte. Anscheinend wollte er nicht verraten, wo sich Ulrik gerade befand oder woher sie wirklich kamen. »Hier gilt es, etwas anderes zu besprechen. Darken ist unseren neuen Freunden auf der Spur und wir müssen sie und das Schwert sicher, unerkannt und schnell nach Khormuth bringen.«

»Das dürfte tatsächlich ein wenig schwierig werden«, brummte Richard und musterte Phillo eingehend. »Eine schlichte Verkleidung wird uns hier kaum weiterbringen. Der Herzog weiß, dass wir nur zu sechst sind. Außerdem haben wir nicht genug Pferde.«

»Von uns kann sowieso außer Sanna keiner reiten«, warf Art hilfsbereit ein. »Wir müssten so oder so bei jemandem hinten mit aufsitzen.«

»Das macht es auch nicht leichter«, sagte Roddan leise. »Wir werden uns einen Schleichweg suchen müssen, um an den Truppen des Herzogs vorbeizukommen.«

»Richtig«, meinte Fürst Morgan. »Layem, Ihr kennt Euch am besten in dieser Gegend aus. Welchen Weg empfehlt Ihr uns?«

»Die östlichen Wälder sind mit Sicherheit am schlechtesten bewacht«, überlegte der Mann langsam. »Wenn Ihr bereit seid es notfalls mit Schattenfressern und anderen Ungeheuern aufzunehmen . . .«

»Das wäre wohl nicht ratsam, da unsere Freunde von dort nach Dunkelstein gekommen sind«, widersprach Morgan kopfschüttelnd. »Dort sind sie erst auf Ulrik gestoßen. Er hatte sich wohl dasselbe gedacht wie Ihr nun. Wenn ich der Herzog wäre, würde ich dieser Gegend sogar meine besondere Aufmerksamkeit schenken. Wir werden einen anderen Weg nehmen müssen.«

»Dann weiß ich keinen besseren Weg als den direkten«, meinte Layem schulterzuckend. »Die Roten Berge sind in südlicher Richtung über die nächsten siebzig, achtzig Meilen unpassierbar. Und dann haben wir die nördliche Provinz schon hinter uns und befinden uns in den Ländern von Fürstin Maureel.«

»Verdammt, was soll das?«, schnaubte Khalar verächtlich. »Darken wird es nicht wagen, uns anzugreifen, und wenn wir seinen Bruder auf dem Gewissen hätten.«
»Soweit ich weiß, steht nur einer im Verdacht, Darkens Bruder ermordet zu haben, und das ist er selbst«, gab Richard böse lächelnd zu bedenken.
»Stimmt!«, schrie Art. »Das hat uns der Typ in der Zelle erzählt. Er wollte dem König melden, dass der Bruder des Herzogs gar keinen Reitunfall hatte, sondern beiseite geschafft wurde!«
»Was?«, rief Morgan und sah Sanna fragend an. »Davon hast du mir nichts erzählt.«
»Ich höre das auch zum ersten Mal«, verteidigte sich Sanna verblüfft. »Art, spinnst du gerade nur herum oder . . .«
»Er hat Recht«, unterbrach Jeans sie. »Der Kerl in unserer Zelle hat so etwas erzählt. Aber er war völlig verrückt. Deshalb haben wir nicht gedacht, dass es wichtig sein könnte.«
»Jetzt glaube ich auch, dass wir uns vor Darken wirklich in Acht nehmen müssen«, schnaubte Khalar. »Ein Brudermörder! Mein Fürst, wir müssen . . . Was ist mit Euch?«
Morgan hatte sich auf die Tischkante gesetzt und lachte leise in sich hinein. »Nichts Besonderes«, sagte er und grinste in die Runde. »Ich denke nur, dass Ulrik wirklich eine gute Wahl getroffen hat, als er diese vier Krieger auswählte, um seine Mission zu vollenden. Wir ho-

cken seit Tagen in dieser verfluchten Gegend herum, um ihn zu suchen, ohne auch nur einen Fußabdruck zu finden. Und dann geht bei mir die Tür auf, diese vier Wesen kommen herein, legen mir das Schwert der Alten auf den Tisch und geben uns endlich Gewissheit, dass der alte Herzog tatsächlich ermordet wurde. Es ist wahrhaftig unglaublich!«

Die Kinder sahen einander stolz und erleichtert an. Für diesen Moment hatte sich irgendwie alles gelohnt. Zum ersten Mal sagte ihnen jemand, dass sie doch alles richtig gemacht hatten. Nach den vergangenen Strapazen war das wirklich einmal nötig gewesen und so sonnten sie sich zufrieden in den respektvollen Blicken dieser Männer.

»Nun gut«, sagte der Feldmarschall schließlich und klatschte aufmunternd in die Hände. »Jedenfalls haben wir allen Grund, nichts unversucht zu lassen, um unsere Freunde sicher nach Khormuth zu bringen. Eure Vorschläge, meine Herren?«

»Zuerst einmal müssen wir ihnen trotz allem Kleidung besorgen, die nicht ganz so auffällt«, überlegte Khalar. »Ich will euch nicht beleidigen, aber die Kleidung eurer Völker ist in dieser Gegend wirklich etwas ungewöhnlich.«

»Kein Problem«, erwiderte Sanna lächelnd. Sie hatte nicht das Geringste dagegen, ihre völlig zerfetzten Klamotten gegen etwas Besseres zu tauschen.

»Im Gegenteil«, stöhnte Jeans erleichtert. »Vernünftige Sachen wären toll.«

»Dann werde ich mich bemühen, etwas Passendes für euch alle zu finden«, sagte der Mann.

»Und ihr könnt tatsächlich nicht reiten?«, fragte Roddan zur Sicherheit noch einmal nach. »Ich spreche nicht von einem Streitross, sondern von einem ruhigen Wallach.«

»Ich bin als Kind mal auf einem Pony geritten«, meinte Jeans verlegen.

»Gut.« Fürst Morgan nickte. »Roddan, Ihr besorgt uns vier ruhige Tiere. Zur Not werden wir sie einfach stehen lassen.«

Phillo runzelte besorgt die Stirn. Er hatte das Gefühl, dass auch das bravste Pferd unter seinem schuppigen Hintern unruhig wurde. Aber versuchen konnte man es ja wenigstens!, beschloss er im Stillen. Und die Vorstellung, nicht die ganze Zeit laufen zu müssen, hatte wirklich etwas für sich.

»Gut, dann haben wir das alles geregelt«, schloss Morgan. »Wir werden heute Nacht noch aufbrechen. Mit Gottes Hilfe wird uns die Dunkelheit helfen Darkens Männern aus dem Weg zu gehen. Wenn alles gut läuft, werden wir morgen Abend die Ländereien von Fürstin Maureel erreichen.« Er sah die Kinder an. »Bis dahin solltet ihr euch noch ein wenig ausruhen. Wollt ihr uns die Ehre erweisen und mit uns zusammen ein kleines Mahl einnehmen?«

»Nur zu gerne«, rief Jeans. »Ich verhungere nämlich gleich.«

LAYEM und Roddan liefen los, um die Einkäufe zu erledigen. Währenddessen gingen die anderen Männer hinunter in die Stube und bestellten eine Mahlzeit. Die Kinder versteckten sich im Nebenraum, bis die Bediensteten der Gaststätte das Essen gebracht hatten. Heißhungrig stürzten sie sich auf das Essen. Es gab für jeden ein Brathühnchen, Brot und einen seltsamen Brei, der jedoch sehr würzig und vor allem unglaublich sättigend war. Außerdem standen drei große Krüge mit Rotwein da, den die Kinder jedoch lieber stehen ließen. Sie begnügten sich mit Wasser. Art griff zwar nach einem Krug, ließ ihn aber nach einem scharfen Seitenblick von Jeans dann doch stehen.

»Trinkt man in eurer Welt keinen Wein?«, fragte Laurel und schenkte sich einen Becher voll. »Oder verbieten euch eure Götter das Trinken?«

»Eher unsere Körper«, brummte Sanna und biss in einen Hühnchenschenkel. »Ich vertrage einfach keinen Alkohol.«

»Sie wird dann furchtbar aggressiv«, erklärte Art hilfsbereit. »Das letzte Mal hat sie mich erst wüst beschimpft und ist dann unter dem Tisch eingeschlafen.«

»Genau wie du, nicht wahr?«, warf Phillo grimmig ein und schnitt sich ein Stück Brot ab.

»Ich war nicht aggressiv«, verteidigte sich Art grinsend. Bis auf das Kopfweh am nächsten Tag hatte er nur gute Erinnerungen an den Met.

»Morgan, können Sie uns nicht endlich erzählen, was eigentlich mit diesem Schwert los ist?«, fragte Jeans schließlich. »Warum ist Darken so dahinter her?«

Der Feldmarschall rieb sich die Augen. »Es ist das Schwert der Alten«, begann er und sah nachdenklich zu der Waffe auf dem Tisch hinüber. »Ihr müsst wissen, vor tausenden von Jahren wurde die Welt von einem Volk wundersamer Magier beherrscht. Wir nennen dieses Volk nur die Alten, da wir nicht einmal mehr ihren tatsächlichen Namen kennen. Denn eines Tages konnten sie ihre eigene Magie nicht mehr kontrollieren.« Seine Augen funkelten düster. »Sie gingen an ihrer eigenen Machtfülle zu Grunde. Der Legende nach zogen sie sich in ihre Stadt zurück, die irgendwo in den Roten Bergen gelegen haben muss. Die Stadt wurde vom Erdbeben verschluckt und seitdem hat niemand mehr etwas von ihnen gehört.« Hier neigte sich Morgan bedeutungsvoll nach vorne und sah sich in der Runde um. »Doch als sie ihr Ende kommen sahen, bestimmten sie einen Mann unseres Volkes zum künftigen Herrscher Thebuls, indem sie ihm das gezackte Schwert gaben. Nachdem sie ihrem eigenen Wissen zum Opfer gefallen waren, sollte ein anderes Volk dieses Land beherrschen, unter der Führung eines weisen Mannes. Dieser eine Mann war Ghaelrik, ein Vorfahre unseres Königs Larson. Seitdem ist das Schwert das Symbol unseres Königs und wurde stets vom Vater an den Sohn weitergereicht.«

»Und deshalb wollte Darken das Schwert haben?«, fragte Sanna stirnrunzelnd. »Um König zu werden?«

»Das Schwert macht einen doch nicht zum König, oder?«, brummte Jeans verwundert.

»Das ist richtig«, bestätigte Morgan. »Auch wenn Darken sich bei einem Aufstand gegen Larson mit dem Bronzeschwert in der Hand wesentlich leichter getan hätte. Aber nein, das ist noch nicht alles: Zwar ist das Schwert der Alten seit Ghaelrik eine Legende und fest mit dem Namen des Königs verbunden. Doch hier scheint es Darken um etwas anderes zu gehen. Meine Männer und ich haben in den letzten Tagen endlich herausgefunden, was Darken antreibt. Vor einigen Monaten muss es in den Roten Bergen ein Erdbeben gegeben haben. Dabei muss wohl etwas zum Vorschein gekommen sein, was seit langer Zeit im Innern der Erde ruhte.«

»Die versunkene Stadt!«, rief Art begeistert. »Und Darken hat sie gefunden!«

»Ganz genau«, sagte der Feldmarschall und lehnte sich zurück. »Gerüchte darüber hatten wir am Hofe bereits vernommen, doch der König entsandte mich und meine Männer, um die Sache etwas genauer zu untersuchen, nachdem er vorher bereits Ulrik geschickt hatte und der Alte nichts mehr von sich hatte hören lassen.«

»Und warum will Darken denn nun unbedingt das Schwert haben?«, fragte Phillo nach.

»Das können wir nur vermuten«, meldete sich Richard grimmig zu Wort. »Doch wenn ich wahnsinnig genug wäre die Stadt der Alten zu betreten, wäre mir auch wohler, wenn ich das Schwert in den Händen hielte.«

»Fest steht, dass die unheilvolle Magie der Alten jedermann unbegrenzte Macht verleihen kann«, erklärte Morgan. »Darken hat offensichtlich vor sich diese Macht anzueignen. Und irgendetwas muss ihn auf den Gedanken gebracht haben, dass dies mit dem Schwert des Königs leichter zu bewerkstelligen ist.«

Plötzlich schoss Sanna ein Gedanke durch den Kopf. »Er hat etwas davon gesagt!«, platzte sie heraus. »Als er mich verdroschen hat, hat er etwas Seltsames gesagt. Von einem Wächter, der ihm versprochen hätte, dass er ihn zum mächtigsten Mann der Welt machen würde!«

Alles wandte sich ihr zu. »Mein Gott!«, flüsterte Morgan. »Dann hat er die Stadt bereits betreten. Hat er noch mehr gesagt?«

»Nein, das war alles«, meinte Sanna nach kurzem Überlegen. »Nur das mit dem Wächter. Und er wirkte dabei nicht gerade, als hätte er noch alle Tassen im Schrank.«

»Was ist, wenn er einfach nur total plemplem ist?«, fragte Art fröhlich. »Dann hätte er dieses Ding völlig umsonst geklaut.«

»Selbst wenn es so wäre, hat diese Waffe eine Bedeutung, die jenseits ihrer tatsächlichen Macht liegt«, stellte der Feldmarschall fest. »Allein deshalb ist sie eine Gefahr in den Händen eines Verbrechers wie Darken.«

»Der Herzog wäre nicht der Einzige, der in diesem Schwert mehr sehen würde als nur eine Waffe«, bemerkte Laurel über den Rand seines Bechers hinweg. »Mir wurde schon als kleines Kind eingeimpft, dass dieses Schwert gleichbedeutend mit dem König ist. Auch ich kann kaum glauben, dass diese Waffe dort drüben das echte Schwert ist.«

»Nur ist Darken skrupellos genug, um das Schwert zu stehlen«, brummte Khalar. »Dass dieser Bastard auch seinen Bruder ermordet hat, will mir recht passend erscheinen. Der Herr möge mir verzeihen, aber ich wünschte, dass Darken . . .«

Ein Klopfen an der Türe unterbrach seine düsteren Verwünschungen. »Öffnet, wir sind's«, ertönte leise Roddans Stimme. Laurel stand auf und ließ ihn und Layem herein.

Layem trug ein dickes Bündel, das er auf einen leeren Stuhl warf. »Ich habe alle Schneider der Stadt geplündert«, sagte er lachend, als Art ihn neugierig anstarrte.

»Wir müssen unsere Pläne ändern«, erklärte Roddan und fuhr sich durch die regennassen Haare. »Überall um die Gaststätte herum stehen Darkens Männer und belauern uns. Ich habe sie erst bemerkt, als ich beinahe über einen von ihnen gestolpert wäre, der gerade in einer Ecke sein Wasser abschlug.«

»Verdammt!«, knurrte Khalar. »Dieser Mistkerl Ivir!«

»Ich hätte nicht gedacht, dass er so misstrauisch gegen mich ist«, sagte Morgan stirnrunzelnd. »Wenn er es wagt, mich bewachen zu lassen, muss Darken ihm gewaltige Freiheiten eingeräumt haben.«

»Tatsächlich liegen Thebul und die Nördliche Provinz nun im Krieg miteinander«, stellte Laurel fest. »Es mag sein, dass wir bald festgenommen werden.«

»Das glaube ich nicht«, widersprach Richard. »Der Kapitän weiß nicht, dass unsere Freunde sich in der Herberge aufhalten. Er vermutet gewiss, dass wir miteinander im Bunde stehen, aber sicher ist er sich nicht. Ich an seiner Stelle würde abwarten, ob wir uns irgendwo mit ihnen treffen.«

»Sie werden versuchen uns zu folgen«, sagte der Feldmarschall. »Das heißt, dass unser alter Plan hinfällig ist.«

»Wäre auch zu schön gewesen«, murmelte Jeans.

»Warum schalten wir die Kerle nicht einfach aus?«, fragte Phillo grimmig.

»Zu riskant«, sagte Khalar bedauernd. »Wenn wir nur einen nicht erwischen, ist alles vorbei. Es dauert keine halbe Stunde, dann ist hier Verstärkung eingetroffen. Und für einen offenen Kampf sind wir nicht gerüstet.«

»Außerdem widerspräche das allen Regeln der Kriegskunst«, meinte Richard. »Momentan haben wir einen Vorteil: Wir wissen, dass sie uns beobachten, während sie nicht wissen, dass wir es wissen.«

»Hä?«, ließ sich Art vernehmen.

»Klar«, meinte Jeans. »Und wie wäre es mit einem Täuschungsmanöver? Sie haben doch gesagt, dass die Kerle

uns hier drin nicht vermuten, oder? Wenn jetzt drei oder vier von Ihnen so tun, als wollten sie uns heimlich treffen, dann würde doch zumindest ein Teil der Typen hinter ihnen herreiten.«
»Auf diese Methode wird es wohl hinauslaufen«, erwiderte Morgan und stand auf. »Richard, Ihr werdet mich und unsere Freunde begleiten. Khalar, Laurel, Layem und Roddan, Ihr werdet die ehrenvolle Aufgabe des Köders übernehmen. Reitet heimlich nach Südosten und passt auf, dass man Euch sieht. In den Wäldern werdet Ihr Euch dann bemühen die Verfolger loszuwerden. Haltet die Kerle auf, verwirrt sie, tötet sie notfalls. Währenddessen werde ich mit Richard unsere Freunde nach Süden bringen.«
Laurel nickte: »Verstanden, mein Fürst. Wann sollen wir nach Khormuth zurückkehren?«
»Wenn wir es bis morgen Abend nicht bis zu den Ländereien von Fürstin Maureel geschafft haben, sind wir bereits gefangen oder tot«, erklärte Morgan schulterzuckend. »Haltet Ivirs Männer bis zum Mittag hin, dann tut, was Euch richtig erscheint. Ach ja, Roddan, habt Ihr Pferde bekommen?«
»Vier ruhige Tiere, mein Fürst«, antwortete Roddan. »Sie stehen im Stall. Ich habe sie bereits satteln lassen. Allerdings werdet Ihr sie kaum mitnehmen können, ohne dass jemand unsere Freunde zu Gesicht bekommt.«
»Das tut nichts«, meinte Morgan. »Im Gegenteil. Ihr werdet sie mitnehmen. Das macht unseren Köder per-

fekt. Ich will verdammt sein, wenn Darkens Männer uns noch einen zweiten Blick schenken, wenn wir in aller Offenheit nach Khormuth reiten. Ihr brecht ohne weiteren Verzug auf. Unsere vier Freunde sollen sich inzwischen ankleiden und dann werden sie ebenfalls abreisen. Viel Glück, Männer.«

Die vier Soldaten verneigten sich knapp und verließen dann den Raum, während Art bereits neugierig in dem Bündel herumstöberte, das Layem mitgebracht hatte. Die anderen schlossen sich ihm an und wenige Minuten später waren alle vier völlig neu eingekleidet. Phillo sah zufrieden an sich herunter. Seine Füße passten zwar nicht in die Stiefel, die für ihn gedacht waren. Aber wenigstens hatte er nun Hosen aus braunem Leder, ein frisch duftendes Hemd aus weißem Leinen, ein Wams aus schwarzem Samt und einen schweren Kapuzenumhang aus dunkelblauer Wolle. Um die Hüfte trug er einen Gürtel, an dem in einer Holzscheide ein langer Dolch hing.

Auch für Art hatte Layem einige Sachen gekauft, die er jedoch liegen ließ. Er hatte sich zu sehr an sein Fell als Kleidung gewöhnt, als dass er sich noch irgendwo hineinzwängen wollte. Den Umhang legte er sich aber doch um die Schultern, da schließlich auch er irgendeine Tarnung brauchte.

Die Mädchen hatten sich im Nebenraum umgezogen und traten bald zufrieden grinsend durch die Türe. Sanna trug braune Stiefel aus weichem Leder, dunkelgraue

Hosen und ein dickes grünes Wollhemd. Ihre blauen Augen strahlten noch heller vor lauter Begeisterung, endlich wieder vernünftige Sachen zu haben. Den Anhänger trug sie um den Hals, denn obwohl er ihr eigentlich zu schwer war, war er ihr in einer Tasche zu unsicher aufgehoben.
Jeans' Kleider waren alle tiefschwarz und schienen mit ihren Tätowierungen zu verschmelzen. Durch ihre rote Haut und die Haare hatte es nun fast den Anschein, als würden Flammen aus ihren Kleidern schlagen. Sogar Phillo fand, dass sie ein wenig unheimlich aussah, doch sie wirkte sehr zufrieden mit ihrer Aufmachung. Beide Mädchen hatten den gleichen Gürtel wie Phillo um und auch sie trugen einen Dolch darin.
»Es tut mir Leid, dass Layem keine Damenkleider für euch besorgt hat«, entschuldigte sich Morgan. »Doch es schien ihm wohl nicht besonders ratsam, euch mit weniger derben Sachen auszustatten.«
»Das macht nichts, im Gegenteil«, beruhigte ihn Jeans. »Ich bin sehr zufrieden mit diesem Zeug.«
»Jetzt fühle ich mich wieder wie ein Mensch«, stellte Sanna glücklich fest.
»Du bist aber keiner«, warf Art lachend ein.
»Mehr als du, du Affe«, schnaubte Jeans und rückte ihren Gürtel zurecht. »Von mir aus kann's losgehen.«
»Sehr gut«, sagte Morgan. »Richard, Ihr werdet unsere Freunde zu einem geeigneten Versteck im Süden begleiten. Dann kehrt Ihr wieder zurück, damit wir hier mor-

gen bei Sonnenaufgang ganz gemütlich aufbrechen können, um nach Khormuth zurückzukehren – und unterwegs unsere Freunde mitzunehmen.«

»Einen Moment«, rief Art. »Ich dachte, wir würden jetzt endlich selber reiten können?«

»Das wird sich vorerst nicht machen lassen«, meinte Morgan entschuldigend. »Der Plan mit den Pferden war gut, solange uns niemand beobachtete. Nun werden wir einstweilen auf Schusters Rappen nach Süden ziehen.«

»Ich hatte mich schon mit dem Gedanken angefreundet«, seufzte Sanna. »Aber was soll's? Laufen ist gesund.«

»Warum begleitet Morgan uns eigentlich nicht?«, fragte Jeans leise, als sie aus der Hintertüre in den Regen hinaustraten.

»Der Fürst will das Schwert bewachen«, erklärte Richard nur. »Und von nun an sollten wir leise sein.«

Vorsichtig schlichen sie durch den Hinterhof und schlüpften durch eine kleine Pforte auf die Straße hinaus. Der Regen war sogar noch stärker geworden und selbst ihre neuen Umhänge waren nach kurzer Zeit völlig durchweicht. Gerade wollte Art sich über das Wetter beschweren, als Richard sie mit einem Wink anhalten ließ. Sie standen in einen engen Winkel gedrängt vor einer kleinen Kreuzung. Atemlos beobachteten sie, wie eine dunkle Gestalt sich vor ihnen aus dem Schatten eines Hauseinganges löste und lauernd die Straße entlangspähte.

»Der Kapitän lässt die Gaststätte wirklich gut bewachen«, stellte Richard leise fest. »Wir werden einen anderen Weg nehmen müssen.«

In einem großen Bogen umgingen sie den Späher und schließlich erreichten sie den Stadtrand. »Das war einfacher, als ich gedacht habe«, meinte Richard, während sie über völlig durchweichte Wiesen nach Süden marschierten. »Anscheinend hat unser Köder gut funktioniert. Sonst hätten wir es wohl mit mehr Gegnern zu tun gehabt.«
»Trotzdem ist dieses Wetter eine Zumutung«, beschwerte sich Art. »Wenn das noch lange so weitergeht, werde ich reumütig in meine gemütliche Zelle auf Dunkelstein zurückkehren.«
»Aber bitte erst, wenn wir drei anderen in Sicherheit sind«, gab Sanna lachend zurück. »Danach wird dich sicher niemand mehr aufhalten.«
»Nachdem ihr dem Herzog das Bronzeschwert abgenommen habt, würde ich nicht mehr damit rechnen, dass ihr mit einer gemütlichen Zelle davonkommt«, brummte Richard. »Dort vorne ist ein kleines Wäldchen. Da müsste sich ein Versteck finden lassen, in dem ihr sicher seid, bis der Fürst und ich euch wieder abholen.«
»Ich hoffe nur, Sie beeilen sich«, nörgelte Art und wickelte sich noch fester in seinen Umhang. »Ich habe keine Lust, erst den Männern des Herzogs zu entkommen und dann zu ertrinken.«

»Es wird mir eine Freude sein, eure Wünsche Fürst Morgan zu überbringen. Dennoch werden wir erst mit dem Sonnenaufgang losreiten und so lange werdet ihr warten müssen«, erwiderte Richard gequält und sah sich unter den Bäumen um. »Dort drüben steht ein dichter Busch. Ein besseres Versteck werden wir auf die Schnelle nicht finden. Ihr solltet euch darin verbergen, bis wir euch abholen.«
»In Ordnung«, sagte Phillo und kroch zwischen den nassen Zweigen hindurch. »Es ist sogar einigermaßen trocken hier drin«, teilte er den anderen mit. »Vielleicht ein bisschen eng, aber ganz gemütlich.«
Sanna und Art krochen hinterher. Jeans sah Richard noch einmal prüfend an. »Ich wollte nur noch etwas fragen: In Khormuth gibt es doch Badewannen und heißes Wasser?«
»Natürlich«, antwortete Richard grinsend. »Ihr werdet vollauf zufrieden sein, das verspreche ich euch. Viel Glück.« Mit diesen Worten verschwand er zwischen den Bäumen und Jeans kroch zu ihren Freunden in den Busch. Tatsächlich hielten die Blätter das meiste Regenwasser von ihnen ab, nachdem Art auf die Idee gekommen war, auch noch zwei Umhänge als Dach über ihnen aufzuspannen, wurde das Warten einigermaßen erträglich. Die Freunde saßen dicht aneinander gedrängt da und unterhielten sich leise. Schließlich schliefen sie sogar ein wenig ein, während im Osten der Tag dämmerte und die Regenwolken widerstrebend der Morgensonne wichen.

Phillo fuhr hoch, weil in der Nähe ein Pferd wieherte. Leise weckte er die anderen, die sich verschlafen die Augen rieben und dann hastig aufrappelten. Obwohl der Himmel sich bereits aufhellte, war es in dem Wäldchen immer noch ziemlich düster. Ein Tropfenregen ging auf sie nieder, als Jeans die beiden Umhänge von den Zweigen zog.

»Wrgl«, brummte Sanna und rollte sich wieder zusammen.

»Verdammt, Sanna, steh auf«, zischte Jeans. »Da kommt jemand!«

Art spähte zwischen den Zweigen hindurch. »Keine Panik«, beruhigte er sie nach einigen Augenblicken und gähnte: »Das sind nur Morgan und Richard.«

»Dann ist ja alles gut gegangen«, sagte Phillo erleichtert und kroch unter dem Busch hervor.

»Einen wunderschönen Morgen«, rief Morgan und saß ab. »Ich hoffe, eure Nacht war nicht allzu schrecklich.«

»War okay«, gähnte Phillo. »Wir haben ganz gut geschlafen.«

»Damit habt ihr uns etwas voraus«, erwiderte Richard lachend. »Wir waren die ganze Zeit über wach.«

»Dafür sind Sie nicht völlig aufgeweicht«, drang Jeans' Stimme gedämpft aus dem Busch. »Herrgott, Sanna, ich zerre dich an den Füßen hier raus, wenn du nicht selber aufstehst!«

»Sanna hat es nicht so mit dem Aufwachen«, erklärte

Art den beiden Männern und streckte sich. »Sie haben nicht zufällig was zu essen dabei?«

»Natürlich«, sagte der Feldmarschall. »Doch vielleicht wäre es besser, wenn wir das Frühstück ausfallen lassen, erst einmal ordentlich marschieren und dann ein umfangreiches Mahl zu uns nehmen, wenn wir wirklich in Sicherheit sind.«

»Das halte ich für keine gute Idee«, rief jemand aus dem Dickicht hervor. Alle fuhren herum und starrten Kapitän Ivir an, der mit drei anderen Männern zwischen den Bäumen hervortrat. »Aber wie wäre es, wenn wir jetzt schnell etwas zu uns nehmen«, fuhr er grinsend fort. »Ich würde zumindest gerne das Bronzeschwert zu mir nehmen.«

»Verdammt, Kapitän«, knurrte Morgan wütend. »Wie habt Ihr uns gefunden?«

»Denkt Ihr etwa, ich würde Euch so weit unterschätzen, dass ich Euch das kleine Ablenkungsmanöver von heute Nacht nicht zutraute?«, fragte Ivir überrascht. »Ihr wisst wenig von Eurem eigenen Ruhm, mein Fürst. Ich muss zugeben, dass ich fast darauf hereingefallen wäre. Tatsächlich befindet sich nun der Großteil meiner Leute auf der Jagd nach Euren Männern. Dennoch wollte ich selbst Euch nicht aus den Augen lassen und siehe da – ich hatte Recht.«

»Nun gut, Ihr habt uns gefunden«, entgegnete Morgan verärgert. »Was gedenkt Ihr nun mit Eurem Erfolg anzustellen?«

»Ich werde mir zuallererst das Bronzeschwert nehmen, das dort an Eurem Sattel hängt«, sagte Ivir und das Grinsen wich aus seinem Gesicht. »Versucht bitte nicht mich daran zu hindern. Ich werde Euch gefangen nehmen, aber ich habe nicht vor jemanden zu verletzen.«
»Ganz reizend«, knurrte Phillo und seine Augen begannen zu glühen. »Verzieh dich lieber, du Mistkerl!«
»Ich hätte es kaum besser sagen können«, meinte Morgan eisig. »Versucht Euch das Schwert des Königs zu nehmen und Ihr werdet sterben, Kapitän.«
»Tötet sie«, befahl Ivir gelassen. Er und die Soldaten gingen auf Morgan und Richard los. Beide Männer hatten sofort ihre Schwerter gezogen und wehrten die ersten Schläge ab.
Ivir starrte Phillo mit einem irren Grinsen an. »Ich wollte schon immer einen Khoganer töten!«, rief er und schlug zu. Phillo duckte sich unter der zischenden Klinge weg und warf sich dann mit aller Kraft auf den Kapitän. Das Blut rauschte in seinen Ohren und plötzlich war sein Geist nur noch von einem Gedanken beherrscht: Er wollte diesen Mistkerl endgültig zum Verstummen bringen! An den Dolch in seinem Gürtel dachte er in seiner Wut gar nicht mehr.
Ivir wich Phillo mühelos aus und stellte ihm ein Bein. Mit einem Wutschrei segelte Phillo durch die Luft und stürzte der Länge nach hin.
»Ungeschickt«, höhnte der Kapitän und trat ihm mit aller Kraft in die Seite. Phillo schnappte nach Luft, ein glühen-

der Schmerz breitete sich in seinem Magen aus. Mit einem Wutschrei griff er nach dem Bein des Kapitäns, der sich allerdings mit einem kleinen Schritt in Sicherheit brachte.
»Ich muss es kurz machen«, erklärte er bedauernd und holte zum Schlag aus. Doch plötzlich wurde sein Kopf von einem braunen Fellknäuel verschluckt, das unter scheußlichem Gekreische an seinen Haaren riss und ihm das Gesicht zerkratzte. Fluchend packte der Kapitän Art an einem Bein, riss ihn von seinem Kopf und schleuderte ihn von sich. Art flog in hohem Bogen durch die Luft, bis er gegen einen Baum prallte und reglos zu Boden fiel. Noch bevor sich Phillo wieder aufgerappelt hatte, hob Ivir ein zweites Mal sein Schwert.

Für eine Sekunde, die nicht zu enden schien, gab es in Jeans' Welt nur noch Ivirs rechte Hand und sein Schwert – und das Wissen, dass sie etwas tun musste, um ihren Freund zu retten. Ohne selbst genau zu begreifen, was sie da tat, zog sie ihren Dolch aus der Scheide, fasste ihn mit Daumen und Zeigefinger an der Spitze und holte weit aus. Es war Jeans, als ob sie durch ein Fernglas sah. Sie erkannte jede einzelne Sehne und Ader, die sich an der muskulösen Hand des Kapitäns abzeichnete, während sie mit einer flüssigen Bewegung den Dolch schleuderte.
»Ivir!«, hallte ihr ihre eigene Stimme in den Ohren und der donnernde Schrei begleitete die schmale Klinge auf ihrem Weg.

Nur Phillo sah, wie der Kapitän einen winzigen Moment lang zögerte, als Jeans' Ruf sie erreichte, wie Ivirs mörderischer Blick so kurz von Phillo abglitt, dass er es vermutlich nicht einmal selbst bemerkte. Dennoch reichte es. Mit einem dumpfen Geräusch fuhr der Dolch in Ivirs Hand. Der Aufprall war heftig genug, dass Ivir ein Stück weit herumgeschleudert wurde und er einen Schritt zur Seite machen musste, um nicht das Gleichgewicht zu verlieren. Sein Schwert fiel ihm aus den kraftlosen Fingern, während sich sein Gesicht weiß verfärbte vor Schmerz und Wut und er ein heiseres Stöhnen ausstieß.

Aber bevor sich Phillo aufrappeln konnte, hatte Ivir den Dolch schon mit der Linken gepackt und aus seinem Handrücken gezerrt.

»So nicht!«, brüllte der Kapitän mit einem wilden, triumphierenden Lachen und wollte sich auf Phillo stürzen. Erneut stieß Jeans einen lang gezogenen Schrei aus und rannte auf die beiden Kämpfer zu, obwohl es klar war, dass sie nie rechtzeitig ankommen würde, um noch etwas ausrichten zu können.

Plötzlich wirbelte neben ihr ein stählernes Blitzen durch die Luft und Ivir stolperte über Phillo hinweg, als mit einem Mal ein Schwertgriff aus seinem Rücken ragte. Mit unsicheren Schritten wandte er sich um und starrte verblüfft auf seine Brust hinab. Eine blutige Klinge ragte daraus hervor.

Jeans fuhr herum. Hinter ihr stand Morgan, den Arm noch vom Wurf nach vorne gestreckt.
»Fahrt zur Hölle, Ivir!«, stieß der Feldmarschall schwer atmend hervor. Hinter ihm streckte Richard gerade den letzten der drei Soldaten des Kapitäns nieder. Völlig lautlos sank Ivir auf die Knie, kippte zur Seite und regte sich nicht mehr.

Einen Augenblick brauchte Phillo, um sich aus seiner Schreckensstarre zu lösen. Dann rappelte er sich langsam auf und ging zu Jeans, die mit schreckensgeweiteten Augen auf Ivirs Leichnam hinuntersah.
»Um Himmels willen!«, hauchte sie, als sie die Geschehnisse der letzten Sekunden einholten. Ihr war seltsam klar, dass sie den Gesichtsausdruck Ivirs im Moment seines Todes nie mehr vergessen würde. Und auch nicht, welche Rolle sie bei der Sache gespielt hatte.
Phillo deutete Jeans' Blick richtig und stellte sich zwischen sie und Ivirs Körper. »Ziemlich guter Wurf war das mit dem Messer«, meinte er anerkennend.
Sie sah verwundert zu ihm auf. »Stimmt. Weiß gar nicht, wo ich das gelernt hab.«
»In jedem Fall hast du mir damit ganz schön aus der Klemme geholfen. Wenn du und Art nicht gewesen wärt, hätte der Mistkerl mich tatsächlich fertig gemacht.«
»Sieht so aus, ja«, stimmte Jeans zu, die allmählich ihren Schock abschüttelte. »Oh Gott, was ist eigentlich mit Art?«

Sie fanden ihn völlig reglos am Fuße eines großen Ahorns. Ein eisiger Schrecken durchfuhr sie, als sie ihren Freund entdeckten. Über Art kleines Affengesicht tropfte ein dünnes Rinnsal Blut aus einer langen Platzwunde an der Stirn.
»Art«, flüsterte Phillo heiser und schüttelte ihn. »Art, komm schon, sag was!«
»Was?«, brummte Art, schlug die Augen auf und sah zu Phillo hoch. »Was is'n?«
Jeans und Phillo tauschten ein erleichtertes Lächeln. Hinter ihnen ertönten Schritte und Morgan legte Phillo die Hand auf die Schulter.
»Wie geht es eurem Freund?«, fragte er.
»Ich bin okay«, brummte Art und betastete vorsichtig die Platzwunde an seiner Stirn. »Was ist eigentlich passiert?«
»Der Mistkerl Ivir hat dich in der Gegend herumgeworfen«, lachte Phillo.
»Du bist gegen den Baum geknallt und warst weg«, ergänzte Jeans grinsend. »Sah echt gefährlich aus.«
»Hm«, meinte Art und stemmte sich auf die Ellenbogen hoch. »Oh Kacke, mein Kopf!«
»Es ist nicht weiter verwunderlich, wenn Euer Schädel vorerst ein wenig brummt«, meinte Morgan und hielt ihm die Hand hin. Art ergriff sie und zog sich auf die Füße. Interessiert sah er sich um. »Ivir wirkt ein wenig erschöpft«, stellte er fest. »Ziemlich sogar.«
»Er wollte mich umbringen«, grollte Phillo düster. »Zum Glück hat ihm Jeans noch rechtzeitig eine verpasst.«

»Was?«, rief Art und starrte sie aufgeregt an. »Du hast den Mistkerl umgebracht?«

Sofort verdüsterte sich Jeans Gesicht. »Nicht umgebracht«, stellte Phillo hastig klar und berichtete von dem Kampf.

»So was kannst du?«, fragte Art bewundernd, als er alles gehört hatte. »Cool!«

»In der Tat war das ein ausgezeichneter Wurf«, meinte Morgan. »Nur wenige sind zu so etwas fähig.«

»Auf eine Wiederholung kann ich aber gut verzichten«, murmelte Jeans, der die grässlichen Bilder des Kampfes nicht aus dem Kopf wollten.

»Und ich erst«, pflichtete Phillo ihr entschieden bei. »Das war vielleicht ein mieses Gefühl, wie der Kerl mich angesehen hat. Ach ja: Ich muss mich bedanken, Morgan.«

»Lasst gut sein«, winkte der Feldmarschall ab. »Ohne Eure Freunde wäre auch ich viel zu spät gekommen.«

»Hey, Jeans!«, schrie Art und rappelte sich auf. »Oh Mist, das tut echt weh hier oben drin!« Die Hände gegen die Stirn gepresst, torkelte er zu ihr hin. »Mal ehrlich, das war doch erste Sahne, oder? Ich meine, wir beide haben Phillo gerettet!«

»Trotzdem ist mir ganz schön elend«, erklärte Jeans. »Das ist doch eine ziemliche Scheiße hier.« Ihr Blick wanderte wieder zu der Leiche Ivirs hinüber. »Ich meine – die Typen sind wirklich tot!«

»Na und?«, fragte Art verwirrt. »Aber sie wollten Phillo

töten – uns alle eigentlich. Wir haben uns nur gewehrt. Ist doch in Ordnung.«

»Da muss ich Eurem Freund zustimmen«, meinte Richard, der bis dahin stumm zugehört hatte. Sein rechter Arm war blutüberströmt. »Wir wurden angegriffen. Sich nun Vorwürfe zu machen wäre reichlich unangemessen.«

»Wahrscheinlich haben Sie Recht«, murmelte Jeans und rieb sich erschöpft das Gesicht. »Lassen wir es gut sein.«

»Was ist mit Ihrem Arm, Richard?«, fragte Phillo. »Sie sind verletzt.«

»Ein kleiner Schnitt«, nickte der Mann und lächelte schwach. Sein Gesicht war mittlerweile kreidebleich. »Ich fürchte, man sollte es verbinden.«

»Dann sehen wir es uns einmal an«, brummte Morgan und zückte seinen Dolch. Vorsichtig zerschnitt er den blutdurchtränkten Ärmel und pfiff leise durch die Zähne. Der Bizeps an Richards Oberarm war fast zur Hälfte durchtrennt und dunkles Blut pulsierte heraus. »Das sieht nicht besonders schön aus«, stellte er fest. »Wenigstens scheint keine Schlagader getroffen zu sein. Ich hole etwas zum Verbinden.«

»Sollte man das nicht nähen?«, fragte Jeans zitterig, während Morgan in seinen Satteltaschen nestelte. Der Anblick der Wunde drehte ihr den Magen um.

»Mit Sicherheit«, nickte Richard. Es sah aus, als würde er jeden Moment ohnmächtig werden. »Doch damit werde ich mich gedulden müssen, bis wir einen Wundarzt aufgetrieben haben. Einstweilen wird es ein Verband schon tun.«

Nach einer Minute kehrte Morgan mit einem sauberen Leinentuch zurück. Er wickelte es um den Arm und zog den Knoten stramm, bis Richard stöhnte vor Schmerzen. »Das wird genügen, bis wir den Sitz von Fürstin Maureel erreichen.«

»Sicher, mein Fürst«, nickte Richard. »Ich würde trotzdem noch eine Weile hier sitzen bleiben.«

»In Ordnung«, lächelte Morgan. »Ruht Euch aus. Währenddessen werden wir mal sehen, wo der Kapitän und seine Männer ihre Pferde haben stehen lassen. Zumindest ein Gutes hatte dieser Angriff: Wir können uns ihre Tiere nehmen.«

»Und wir sind nun sicher«, fügte Phillo hinzu. »Jetzt gibt es niemanden mehr, der uns verfolgt.«

»Vermutlich nicht«, stimmte Morgan ihm zu. »Aber in Sicherheit sind wir trotzdem erst, wenn wir im Süden sind.«

»Klar«, brummte Phillo schulterzuckend. Er sah sich suchend nach den Pferden um. Dann plötzlich stieß er ein entsetztes Keuchen aus. »Wo ist Sanna? Hat sie jemand gesehen?«

»Ich nicht«, erwiderte Art. Auch die anderen schüttelten die Köpfe. Eine Weile herrschte entsetztes Schweigen.

»Moment mal!«, rief Jeans schließlich und lief zu dem

Busch hinüber. Sie kroch hinein und die anderen hörten sie schallend lachen.
»Lass mich doch in Ruhe!«, ertönte Sannas Stimme zwischen den dichten Blättern. »Ich will schlafen, verdammt!«
Die anderen sahen sich an. »Dies«, erklärte Morgan lächelnd und rieb sich den Bart, »dies ist fürwahr erstaunlich.«

Etwa fünfzig Meter von ihrem Versteck entfernt, fanden sie die Pferde von Ivir und seinen Männern. Die Tiere wieherten zuerst nervös, als sie sich ihnen näherten. Doch dann fanden sie sich schnell mit den fremden Wesen ab und ließen sich von Morgan und Jeans friedlich zu den anderen führen.
Art sah begeistert an den riesigen Tieren empor. Sein Kopfweh war wie weggeblasen. Er freute sich schon darauf, selbst reiten zu dürfen. Phillo dagegen musterte sie mit einer gewissen Skepsis. Er hatte noch gut in Erinnerung, wie sich der Soldat auf dem Weg nach Dunkelstein hatte anstrengen müssen, um sein Tier unter Kontrolle zu halten. Und kaum dass er sich dem ersten Pferd näherte, begann es, unruhig zu stampfen und vor ihm zurückzuweichen.
»Das wird geil!«, freute sich Art, griff nach dem Steigbügel eines grauen Wallachs und versuchte sich daran hochzuziehen. Das Pferd tänzelte nervös herum, doch Art war nicht abzuschütteln. Mit wenigen Griffen hatte

er sich in den Sattel geschwungen und thronte nun stolz in luftiger Höhe.

»Ich kann reiten!«, krähte er und angelte nach den Zügeln, die der Feldmarschall noch in der Hand hielt. Morgan beobachtete ihn grinsend und reichte ihm dann die Zügel.

»Vielleicht solltest du es nicht zu schnell angehen«, meinte er und ließ vorsichtig das Geschirr los. »Gib ihm nur nicht zu viel Spiel.«

»Ich passe schon auf«, versicherte Art und schnalzte mit der Zunge. Das Pferd verstand das Kommando völlig falsch.

»Mistvieh!«, rief Art empört, nachdem Phillo ihm wieder auf die Beine geholfen hatte. »Was denkt das Biest, wer es ist?«

»Jemand, der keinen Affen im Nacken haben will«, vermutete Phillo und erwiderte grinsend den Blick des Tieres, das wild mit den Augen rollte.

»Was treibt ihr denn da?«, fragte Sanna gähnend, als sie hinter Jeans aus dem Busch gekrochen kam. »Was sind das für Pferde?«

»Die haben uns Ivir und seine Männer überlassen«, erklärte Phillo. »Und Art lernt gerade reiten. Bis jetzt klappt es eigentlich ganz gut.«

»Morgan, was mache ich falsch ?«, fragte Art klagend.

»Du vergisst, dass ein Pferd stärker ist als du«, erklärte Richard leise lachend. Er war wieder aufgestanden und langsam kehrte die Farbe in sein Gesicht zurück. »Letzten Endes kommt es darauf an, dass ihr euch mit dem Pferd einigt. Es trägt euch, dafür behandelt ihr es mit Respekt.«

»Ich habe Respekt vor dem blöden Gaul«, versicherte Art.

»Zweifelsohne«, sagte Phillo lachend. »Jetzt jedenfalls.«

»Auf ein Neues«, seufzte Morgan und stellte erst einmal die Steigbügel auf Arts Größe ein. »Wenn du erlaubst, werde ich dich hinaufheben. Und schnalze bitte nicht mehr mit der Zunge.«

Diesmal führte Morgan das Tier zuerst ein wenig herum, sodass es sich an seinen Reiter gewöhnte. Als er dann schließlich die Zügel an Art übergab, verhielt sich das Tier tatsächlich ganz friedlich.

»Das sieht aus wie im Zirkus«, rief Jeans. »Ein Affe auf einem Pferd!«

»Macht ihr das erst mal nach!«, forderte Art sie auf und lenkte sein Ross zu ihnen zurück.

»Jederzeit«, meinte Sanna. »Ich würde allerdings gerne erst weiterwandern, bevor ich Reitstunden nehme.«

»Das kann ich dir nachfühlen«, sagte Morgan. »Aber wir sollten die Toten sowieso verstecken, um möglichst wenig Spuren zu hinterlassen. Phillo, hilfst du mir?«

»Gerne«, brummte Phillo zögerlich. Er hatte eigentlich keine besondere Lust, die Leichen der Erschlagenen herumzutragen, aber der Fürst hatte Recht. Wenn man Ivir und die anderen hier fand, hätten sie sofort wieder neue Verfolger an den Hacken.

Gemeinsam packten sie die Toten an den Füßen, zerrten sie zu dem Busch und schoben sie hinein. Auf den ersten Blick zumindest würde niemand darauf kommen, dass sich hinter den dichten Blättern vier Leichname verbargen.

Nachdem die Toten nicht mehr zu sehen waren, fühlte auch Sanna sich wieder ein wenig besser. Prüfend musterte sie die restlichen drei Pferde, die geduldig abwarteten, was nun mit ihnen geschehen würde. Eine nussbraune Stute erwiderte den Blick aus ihren schwarzen Augen und Sanna näherte sich ihr vorsichtig.

»Na du«, sagte sie und streichelte dem Tier die Nüstern. Die Stute schnaubte freundlich und rieb ihren Kopf an Sannas Brust. Langsam griff Sanna nach den Zügeln und stieg in den Sattel. Das Tier folgte gehorsam ihren Befehlen und freute sich offensichtlich auf ein wenig Bewegung.

»Bei dir scheint es wenigstens keine Probleme zu geben«, stellte Richard erleichtert fest. Ihm war nicht entgangen, wie die Rösser auf Phillo reagierten, und er konnte es ihnen nachfühlen. Eine schwarze Echse mit leuchtenden gelben Augen musste jedem Wesen Angst einflößen.

»Dann werde ich auch einmal mein Glück versuchen«, brummte Jeans missmutig und verfolgte neidisch, mit welcher Leichtigkeit Sanna ihre Stute durch den Wald lenkte.

»Ihr habt die Wahl«, meinte Morgan und deutete auf die beiden herrenlosen Pferde. Das eine war der schwarze Hengst von Ivir, das andere ein hellbrauner Wallach, der entschieden gelassener wirkte.

»Ich nehme das Braune«, entschied sich Jeans sofort. »Der Schwarze da kommt mir ein bisschen zu temperamentvoll vor.«

»Und den soll gerade ich nehmen?«, fragte Phillo stirnrunzelnd. »Das halte ich für keine besonders gute Idee.«

»Hey, ich bin das Mädchen«, erinnerte Jeans ihn schnell. »Du musst mich beschützen und mir vor allem das ruhigere Pferd überlassen.«

»Ich fürchte, ich muss deinem Freund zustimmen«, wandte Richard zögernd ein. »Pferde scheinen etwas furchtsam auf Khoganer zu reagieren. Wenn es dir nicht allzu viel ausmacht, solltest du es mit dem Hengst versuchen.«

»Super«, brummte Jeans und stapfte auf das schwarze Tier zu. Der Hengst rollte drohend die Augen und wich ein Stück vor ihr zurück. »Der haut jetzt schon ab«, beschwerte sich Jeans bei dem Feldmarschall. »Der mag mich nicht.«

»Das ist normal für ein Schlachtross«, erklärte Richard. »Wenn das Tier wirklich gut trainiert ist, wird es sich von niemandem außer dem Kapitän reiten lassen.«

»Was?«, schrie Jeans. »Und Sie wollen, dass ich mich da draufsetze?«

»Du hast Recht, ich werde es zuerst versuchen«, lenkte

Morgan ein und trat neben den Hengst. Vorsichtig schwang er sich in den Sattel und drehte ein paar Runden. »Er ist tatsächlich ein wenig hitziger, aber es sollte gehen«, meinte er und stieg neben Jeans ab.

»Wie wäre es, wenn ich es mit Ihrem Pferd versuche?«, schlug Jeans vor.

»*Unsere* Rösser sind gut trainiert«, erwiderte Richard schmunzelnd. »Der Hengst stellt zweifelsohne die bessere Wahl für dich dar.«

»Versuch es«, sagte Morgan und lächelte aufmunternd. »Ich halte ihn.«

Jeans schnaubte unzufrieden und warf Phillo einen bösen Blick zu. Dann schwang sie sich in den Sattel und wartete. Der Hengst tänzelte, er schnaubte, aber sonst schien er nichts besonders Böses im Sinn zu haben.

»Wunderbar«, lobte Morgan und reichte ihr die Zügel. Sie griff hastig danach und hielt sie fest. »Gib ihm ein wenig Spiel«, wies Richard das Mädchen an und es ließ etwas lockerer. In plötzlichem Gehorsam zuckelte das Tier brav ein paar Schritte vorwärts.

»Wer hätte das gedacht!«, rief Richard. »Du hast eine gute Hand für Pferde, Jeans.«

»Der führt was im Schilde«, argwöhnte Jeans und versuchte dem Hengst in die Augen zu schauen. »Erst wiegt er mich in Sicherheit und dann macht er mich fertig. Der Mistkerl hat was Fieses vor.«

»Das wollen wir nicht hoffen«, meinte Morgan beruhigend. »Und nun zu dir, Phillo.«

»Das hat keinen Sinn«, beteuerte Phillo, als er sich zum dritten Mal aufrappelte und den Dreck von seinen Kleidern wischte. »Ich kann mir gerne den Hals brechen, um es zu beweisen, aber es hat keinen Sinn.«
Richard versuchte die Zügel des scheuenden Wallachs zu fassen. »Ich bin geneigt ihm zuzustimmen, mein Fürst«, erklärte er. »Wenn schon dieser Knabe hier ihn nicht aufsitzen lässt, wird es ein anderes Tier erst recht nicht.«
»Dann wirst du mit Richard und mir reiten müssen«, beschloss Morgan schulterzuckend. »Wenigstens hast du nun ein Ersatzpferd. Damit sollten wir einigermaßen rasch vorankommen.«

Kurze Zeit später brachen sie endlich auf. Die Sonne stand nun schon ein paar Fingerbreit über dem Horizont und über den Wäldern bildete sich dichter Bodennebel, als das Regenwasser der Nacht verdampfte. Morgan ritt mit Phillo vorneweg, gefolgt von den drei Freunden und Richard als Schlusslicht. Nach wenigen Minuten hatten sie eine Straße erreicht, die in sanften Windungen durch den Wald nach Süden führte.

JE länger sie ritten, desto mehr gewöhnten sich die Freunde an die Tiere. Die Sonne wanderte immer weiter über den wolkenlosen Himmel und schon bald fingen alle an unter den schweren Umhängen zu schwitzen. Doch die Dinger auszuziehen kam nicht in Frage, da sie dann überhaupt keinen Schutz mehr vor neugierigen Blicken gehabt hätten. Als es Mittag wurde, wichen sie vom Weg ab und ritten ein Stück in den Wald hinein. Schließlich fanden sie einen kleinen Bach, an dem sie ihre Pferde tränken konnten.

»Ich denke, jetzt sollten wir endlich etwas essen«, befand Morgan und kramte in seiner Satteltasche. »Sanna, willst du mir ein wenig behilflich sein?«

Er reichte ihr einen großen, in ein Tuch gewickelten Brotlaib, einen ganzen Schinken und zuletzt noch einen ledernen Trinkschlauch. Zuletzt legte er seinen Umhang auf den Boden und fing an mit seinem Dolch große Stück von dem Schinken abzusäbeln, während Sanna das Brot in Scheiben schnitt.

»Was ist denn das?«, fragte Art und zog den glucksenden Schlauch zu sich heran.

»Ein leichter Wein«, erklärte Morgan und wischte seinen fettverschmierten Dolch im Gras ab. »Wir haben leider keine Becher bei uns. Ihr werdet direkt daraus trinken müssen.«

»Direkt aus dem Bach meint er«, warf Phillo ein und nahm Art den Schlauch hastig ab. »Du rührst das Zeug nicht an, verstanden?«

»Herrgott noch mal«, brummte Art und griff sich eine Scheibe Brot und eine Hand voll Schinkenstücke. »Das ist der Dank dafür, dass ich mein Leben für ihn riskiert habe.«

Er betastete vorsichtig den Verband über seiner Stirn. Sanna hatte ihn verarztet, während Phillo versucht hatte reiten zu lernen und mittlerweile spürte er die Platzwunde kaum noch.

»Wenn wir heute Nachmittag nicht mehr aufgehalten werden, sind wir gegen Abend in Sicherheit«, meinte Morgan zufrieden und schüttete sich einen dünnen Weinstrahl aus dem Schlauch in den Mund.

»Ich wüsste zu gerne, wie es gerade um unsren Köder bestellt ist«, meinte Richard nachdenklich. »Hoffentlich sind sie bei Gesundheit.«

»Was soll ihnen denn geschehen?«, fragte Sanna. »Ich meine, sie haben doch nichts Verbotenes gemacht. Selbst wenn die Männer des Herzogs sie erwischen, dürften sie ihnen doch eigentlich nichts tun, oder?«

»Das stimmt allerdings«, erwiderte Morgan schmunzelnd. »Der Herzog hat wirklich kein Recht, ihnen auch nur ein Haar zu krümmen.«

»Du bist süß, Sanna«, stellte Jeans lachend fest. »Glaubst

du im Ernst, dass dieser Mistkerl sich auch nur das geringste bisschen darum schert, was verboten ist und was nicht?«

»Bei uns natürlich nicht«, gab Sanna verärgert zurück. »Aber immerhin sind Khalar und die anderen doch Soldaten des Königs, wenn ich das richtig verstanden habe.«

»Der Einwand ist an sich berechtigt«, gab Richard zu. »Aber ihr müsst bedenken, dass sich Darken mit dem Diebstahl des Bronzeschwertes bereits an dem Heiligsten vergriffen hat, das es nach dem König in Thebul gibt. Dieser Mann kennt kein Halten mehr.«

»Dennoch sollten wir uns keine Sorgen machen«, meinte Morgan und streckte sich, dass seine Schultern knacksten. »Unsere Kameraden sind gute Krieger und von den Hunden des Herzogs werden sie sich schon nicht unterkriegen lassen.«

»Wohl wahr«, brummte Richard. Doch er wirkte nicht völlig überzeugt.

Nachdem sie gegessen hatten und die Pferde wieder etwas ausgeruht waren, setzten sie die Reise fort. Der Nachmittag verstrich, und als sich die Sonne im Westen langsam dem Horizont näherte, durchquerten sie eine Furt, die sie durch einen breiten Fluss führte.

»Jetzt haben wir es geschafft«, stellte Morgan zufrieden fest. Eine große Schar Enten ergriff vor den Reitern die Flucht. »Hier beginnt das Land von Fürstin Maureel. Wir sind in Sicherheit, dem Herrn sei Dank.«

»Wunderbar«, brummte Jeans. »Ich habe nichts dagegen, von diesem schwarzen Biest herunterzukommen.«

»Er hat sich doch ganz brav verhalten, oder?«, meinte Richard. »Langsam bekomme ich den Eindruck, dass dein Misstrauen unbegründet war.«

»Ich hoffe nur, dass Sie Recht haben«, erwiderte Jeans und zuckte zusammen, als auf einmal ein Pfeil an ihrem Kopf vorbeifauchte. Einen Moment lang starrten alle das Geschoss an, das zitternd in einem Baum am anderen Ufer stecken blieb.

»Verdammt!«, schrie Morgan und wandte sich nach hinten um. Dort schickten sich mehrere Reiter in den grünen Umhängen Darkens an ihre Bögen zu spannen und zu schießen. »Los, macht, dass ihr wegkommt! Flieht, verdammt!«

Alle lösten sich aus ihrer Erstarrung, als ein Pfeilhagel um sie herum ins Wasser schlug. In wilder Flucht preschten sie die letzten Meter entlang, die sie vom südlichen Ufer trennten. Auch Jeans versuchte ihren Hengst zum Rennen zu bewegen. Doch das Tier drehte sich stattdessen in wilden Sprüngen im Kreis und schließlich flog Jeans in hohem Bogen ins Wasser.

»Ich wusste es!«, schrie sie wütend und schlug mit der Faust ins Wasser, während der Hengst befreit wiehernd davonsprengte. »Du verdammtes Mistvieh, ich kriege dich und dann mach ich Hundefutter aus dir!« Im selben Moment zischte neben ihr ein Pfeil ins Wasser und riss sie aus ihrer blinden Wut. Verzweifelt holte sie tief Luft und tauchte unter.

»Jeans!«, brüllte Phillo. Morgan versuchte sein Pferd zu stoppen. Doch das war für das völlig verängstigte Tier einfach zu viel. Es bäumte sich auf und Phillo kippte hintenüber. Der Feldmarschall zerrte brutal an den Zügeln, um im Sattel zu bleiben, aber das Ross stolperte und fiel mit ihm zusammen zur Seite. Bevor er abgeworfen wurde, packte er hastig noch das Bronzeschwert und riss im Fall den Lederriemen durch, mit dem es am Sattel befestigt war. Dann schlug das Wasser über ihm zusammen.

Prustend tauchte Morgan wieder auf und sah sich hektisch nach Jeans und Phillo um, als ihn ein Pfeil mit einem dumpfen Pochen in die Brust traf. Seine Beine versagten den Dienst und ihm wurde schwarz vor Augen. Langsam sackte er in sich zusammen und wurde von der ruhigen Strömung weitergetragen.

Mit kräftigen Zügen schwamm Phillo zu der Stelle, an der Jeans untergetaucht war. Endlich sah er sie, als sie hochkam, um nach Luft zu schnappen. Fast hatte er sie erreicht, als zwischen ihnen das Wasser aufschäumte und plötzlich die Beine eines Pferdes vor ihm den Grund aufwühlten.

Phillo tauchte auf und wollte sich auf den Reiter stürzen, doch der Mann zielte mit einem Pfeil direkt auf sein Gesicht.

»Bleib stehen oder du stirbst!«, brüllte der Mann ihn an.

Sein Pferd tänzelte unruhig, als es die schwarze Echse neben sich witterte.
Einen Moment verharrte Phillo. Dann warf er sich zur Seite, während der Pfeil um Zentimeter an seinem Kopf vorbeischwirrte und ins Wasser fuhr. Das Pferd verlor bei dieser hektischen Bewegung Phillos völlig die Nerven und bäumte sich schrill wiehernd auf. Mit einem wütenden Schrei stürzte der Reiter ins Wasser.
Hastig versuchte er sich aufzurichten und sein Schwert zu ziehen, als sich von hinten starke Klauenhände um seinen Hals schlossen und ihn unbarmherzig unter Wasser drückten. Verzweifelt griff der Soldat nach Phillos Handgelenken, doch seine Finger rutschten von der glatten Schuppenhaut ab, ohne dass er etwas zu seiner Rettung tun konnte. Ihm wurde schwarz vor Augen, als er schließlich Wasser atmete und für ein paar Sekunden das Bewusstsein verlor.
Phillo tauchte auf und brüllte seinen Triumph hinaus. Der Mann trieb davon und bemühte sich mit schwachen Bewegungen das Ufer zu erreichen.
»Nicht schießen!«, bellte eine andere Stimme und Phillo sah sich knurrend um. Er war umringt von drei weiteren Soldaten, die mit ihren Pfeilen auf ihn zielten. »Ergib dich, du Bastard!«, schrie einer. »Du hast keine Chance!«
Mit aller Kraft unterdrückte Phillo den Wunsch, sich auf die Männer zu stürzen. Diesmal hatte er wirklich nicht die geringste Chance. Die Männer hielten einen so gro-

ßen Abstand zu ihm ein, dass er sie nie hätte erreichen können, ohne vorher erschossen zu werden. Zitternd vor Wut stand er da und starrte die Männer an.

»Na, also, geht doch«, stellte der Kerl fest und warf einen Blick über die Schulter. Ein paar Meter weiter wurde Jeans von zwei anderen Soldaten in Schach gehalten. »Und jetzt rüber zum Nordufer, na los! Und Hender, du kümmerst dich um . . .«

Die letzte Anweisung des Soldaten wurde davon unterbrochen, dass ein herrenloses Pferd zwischen den Bäumen am Südufer hervorsprengte und panisch durch die Furt galoppierte.

»Was zur Hölle . . .«, murmelte der Soldat, entspannte seinen Bogen und richtete sich in den Steigbügeln auf. Ein hohes Sirren durchschnitt die Luft und plötzlich ragte ein Pfeil aus seiner Brust. Verblüfft umfasste er den Schaft und kippte dann langsam von seinem Ross.

»Die Männer des Königs!«, rief ein Soldat des Herzogs, der tief über den Hals seines Pferdes gebeugt durch die Furt galoppierte, dass hinter ihm das Wasser hoch aufspritzte. »Haut ab, die Männer des Königs sind hier!«

Einen Augenblick lang zögerten die Soldaten. Diesen Moment nutzte Phillo, um blitzschnell zur Seite zu springen. Die Männer reagierten zu spät. Ihre Pfeile trafen nur noch das Wasser. Am Südufer brachen nun andere Reiter mit roten Umhängen zwischen den Bäumen hervor und preschten auf Phillo und Jeans zu. Die Soldaten des Herzogs starrten ihre Angreifer kurz an.

Dann gaben sie ihren Pferden die Sporen und jagten davon, so schnell sie konnten. Einer der Angreifer legte noch einen Pfeil auf die Sehne und schoss den letzten der Fliehenden aus dem Sattel, bevor er im Wald verschwand.

»Die Hände hoch!«, brüllte einer der Soldaten Phillo an und zielte auf ihn. »Rühr dich nicht, Khoganer!«

Zähnefletschend starrte Phillo ihn an. Obwohl er verstand, dass der Mann auf seiner Seite war, musste er sich zurückhalten, um sich nicht auf ihn zu stürzen.

»Den Pfeil von der Sehne, Galdon!«, rief eine andere gebieterische Stimme. »Der Khoganer gehört zu Richard!«

Der Soldat gehorchte sofort und senkte den Bogen. Erst dann wandte er sich dem Mann zu, der gerade auf einem großen Schimmel in den Fluss geritten kam. Er trug eine prachtvolle Rüstung mit einer silbernen Brustplatte und einen Umhang aus dunkelrotem Samt über den Schultern. Sein kurzes blondes Haar und der schmale Bart umrahmten ein Gesicht von vielleicht zwanzig Jahren, in dem zwei blaue Augen kraftvoll leuchteten. Auf dem Kopf trug er einen schmalen Silberreif, der mit einer Reihe kleiner Rubine geschmückt war.

Nachdem er Phillo kurz gemustert hatte, sah er sich forschend um. »Galdon, nehmt Euch ein paar Männer und sichert das Nordufer«, befahl er dann knapp. »Ich möchte nicht, dass wir durch einen Pfeil aus dem Hinterhalt noch zu größerem Schaden kommen.«

»Zu Befehl, Majestät«, rief der Soldat und winkte ein paar

andere Soldaten zu sich. »Ihr zwei und ihr da drüben! Wollen mal sehen, welche Unholde sich noch drüben im Gestrüpp verbergen. Beeilt euch, na los!«
Damit gab er seinem Ross die Sporen und ließ Phillo alleine stehen. Verwirrt starrte er den Mann mit der Krone an. Das also war der König.
»Bist du verletzt, Khoganer?«, fragte der und betrachtete ihn eingehend.
»Nein, ich bin okay«, erwiderte Phillo automatisch. »Und gleichfalls?« Im selben Augenblick hätte er sich auf die Zunge beißen können. So redete man doch bestimmt nicht mit einem König, oder?
»Hab Dank für deine Sorge«, sagte der König stirnrunzelnd. »Weißt du zufällig, wo sich mein Feldmarschall aufhält?«
»Äh, nein«, stotterte Phillo und sah sich nach dem Fürsten um. »Als ich ihn das letzte Mal gesehen habe, saß er noch vor mir auf dem Pferd. Aber dann ist er in den Fluss gefallen und dann – äh, dann habe ich nicht mehr auf ihn geachtet. Ich war damit beschäftigt, mich um Jeans zu kümmern.«
»Die junge Dame mit dem roten Haar?«, vermutete der König und deutete den Fluss hinunter. »Sie scheint wohlauf zu sein, soweit ich sehen kann.«
»Phillo!«, rief Jeans und stapfte durch das Wasser auf ihn zu. »Bist du in Ordnung?«
»Alles klar!«, schrie Phillo zurück. »Hast du Morgan gesehen?«

»Nein!«, erwiderte sie und sah den König an. »Wer ist das?«
»Das ist . . .«, begann er und brach ab. »Sie sind schon der König, oder?«, fragte er hilflos.
»Deine Ausdrucksweise lässt zu wünschen übrig«, stellte der Mann fest und lächelte. »Aber du irrst dich nicht. Ich bin Larson von Khormuth, König und Herrscher über Thebul und alle Provinzen. Doch nun muss ich erst einmal Fürst Morgan finden. Wenn er getötet wurde . . .«
»Majestät!«, rief ein Mann aufgeregt vom Ufer her. »Wir haben den Feldmarschall gefunden. Und er . . .«
»Lebt er?«, unterbrach der König ihn scharf. »Ist er verletzt?« Ohne weiter auf Phillo und Jeans zu achten, riss er seinen Schimmel herum und sprengte ans Ufer.
»Er hat einen Pfeil in der Brust«, antwortete der Mann und rannte vor dem König her flussabwärts. »Aber der Wundarzt sagt, er würde es überstehen. Und – er hat das Bronzeschwert bei sich!«
König und Untertan verschwanden zwischen den Bäumen hinter einer Flussbiegung. Jeans hatte Phillo erreicht und klopfte ihm auf den Rücken.
»Das also ist der König«, hustete sie und zerrte sich den durchweichten Umhang von den Schultern. »Schön, dass er auch mal was tut.«
»Allerdings«, meinte Phillo lachend und sah zu ihr hinunter. Nasse rote Strähnen hingen ihr ins Gesicht.
»Hey, Jeans! Phillo!«, ertönte plötzlich Sannas Stimme

vom Ufer her. Sie sprang zwischen den Büschen hervor und rannte lachend auf sie zu. »Oh Gott, bin ich froh!« Ihre Augen blitzten vor Erleichterung und Freude.

»Sanna!«, rief Jeans zurück und die beiden fielen sich lachend in die Arme. »Was ist mit dir passiert? Wie geht es Art?«

»Ihm geht's auch gut«, beruhigte Sanna die Freundin. »Sein Pferd ist mit ihm durchgegangen und es hat eine Weile gedauert, bis es sich wieder beruhigt hatte. Richard ist zurückgeblieben und hat sich mit den Typen herumgeschlagen, die uns verfolgt haben. Aber wegen seinem Arm konnte er eigentlich gar nichts machen. Ich habe versucht ihm zu helfen, aber einer von den Mistkerlen hat nach den Zügeln von meiner Stute gegriffen und ich bin runtergefallen. Und dann waren auch schon die Soldaten von diesem König da und haben die Typen verjagt.«

»Woher kommen die eigentlich?«, fragte Jeans und sah sich um. »Ich meine, das sind doch alles zusammen fast dreißig Mann. Was machen die denn hier?«

»Keine Ahnung«, meinte Sanna schulterzuckend. »Aber das ist auch erst einmal egal. Uns kommen sie wirklich gerade recht.«

»Allerdings«, sagte Phillo grimmig. »Ohne diese Kerle wären wir jetzt schon tot oder im besten Fall auf dem Weg nach Dunkelstein.«

»Grausame Vorstellung«, brummte Jeans und schlang zitternd die Arme um sich. »Und jetzt lasst uns bitte endlich aus diesem verdammten Fluss steigen, bevor ich erfriere. Sanna, warum bist du eigentlich hier reingerannt? Du warst doch gar nicht nass.«

»Ich wollte mit euch reden«, erwiderte ihre Freundin lächelnd.

»Wegen mir verstehe ich das ja noch«, schnaubte Jeans und stapfte auf das Ufer zu. »Aber wenn du nur zu einem Viertel wegen dieser schwarzen Blindschleiche in das eisige Wasser gestiegen bist, musst du verrückt sein.«

Sanna und Phillo sahen sich an und lachten. Wahrscheinlich würde Jeans auch im Grab noch ihre Nachbarn beschimpfen.

»Wie geht es Richard?«, fragte Phillo, während sie ans Ufer kletterten.

»Nicht so toll. Er hat versucht sich mit der linken Hand zu wehren und dann hat ihn noch ein Schlag am Bein erwischt. Als ich losgelaufen bin, um euch zu suchen, war ein Arzt gerade dabei, ihn zu versorgen.« Sanna blickte sorgenvoll zu Phillo auf, während sie ihren durchnässten Umhang auf den Boden warf. »Was ist mit Morgan?«

»Der König ist bei ihm«, brummte Phillo und begann ebenfalls seine nassen Sachen auszuziehen. »Ich habe noch gehört, dass er verwundet ist, aber er lebt und wird es wohl überstehen. Anscheinend ist er flussabwärts getrieben worden. Dort sind sie jetzt auch gerade. Vielleicht sollten wir . . .«

»Sanna! Phillo!« Art kam auf die Freunde zugerannt und blieb irre grinsend vor ihnen stehen. »Habt ihr's schon mitgekriegt? Mein blöder Gaul ist durchgegangen und ich wollte schon runterspringen. Dann waren plötzlich diese Soldaten da und ich bin mitten durch sie hindurchgaloppiert. Ich habe geschrien und ihre Pferde wären auch fast durchgegangen und dann ist mir einer hinterher. Der hat mich eingeholt und meine Zügel gepackt und dann ist mein Pferd stehen geblieben.« Er holte zum ersten Mal Luft, seit er zu sprechen begonnen hatte. »Und dann haben sie gekämpft und . . .«

»Art!«, rief Sanna und lachte. »Wir wissen schon alles«, fuhr sie ruhig fort.

»Ach so«, sagte Art enttäuscht. »Habt ihr Jeans gesehen?«

»Eben war sie noch da«, meinte Phillo und suchte den Wald mit Blicken ab. Um sie herum standen ungefähr zwanzig Soldaten mit ihren Pferden auf der Straße, unterhielten sich leise und musterten die Freunde neugierig.

»Du Scheißvieh!«, ertönte Jeans' Stimme auf einmal hinter ein paar Büschen. »Ich mach Hackfleisch aus dir!«

»Ich glaube, sie hat ihren Hengst gefunden«, stellte Art fest und lief in Richtung des Gebrülls.

»Hoffentlich versucht sie nicht wirklich dem Gaul wehzutun«, meinte Sanna und setzte sich auch in Bewegung. »Das arme Tier kann doch nichts dafür, wenn es vor Angst durchgeht.«

»Hm«, brummte Phillo zweifelnd. Er war nicht so davon überzeugt, dass der Hengst an Jeans' Unglück unschuldig war. Dafür war sein Blick wirklich zu hinterhältig gewesen.

»Das ist ja mal ein Bild«, kicherte Sanna, als sie zwischen den Büschen auftauchten und Jeans sehen konnten. Sie stand vor dem Pferd, die Fäuste in die Hüften gestemmt, und überhäufte das Tier mit Beleidigungen und Drohungen. Der Hengst rupfte verlegen an einem kleinen Grasbüschel und warf den dreien einen kurzen Blick zu, als er sie bemerkte.
»Äh, Jeans, denkst du etwa, dass er dich versteht?«, fragte Sanna vorsichtig.
»Schau ihn dir doch an!«, blaffte sie. »Der weiß genau, was ich ihm sage, darauf kannst du wetten.«
»Ich glaube fast, sie hat Recht«, kicherte Art. »Schaut euch bloß die Augen an!«
»Zumindest wäre ich mir nicht völlig sicher, ob er Jeans nicht doch versteht«, stimmte Phillo zu.
»Jedenfalls kannst du dir deine Predigt sparen«, erklärte Sanna. »Ich glaube, dass du von jetzt an ein anderes Pferd nehmen kannst.«
»Bist du irre?«, fragte Jeans ehrlich verblüfft. »Dem werde ich schon noch beibringen, was Manieren sind. Ich habe doch nicht den ganzen Tag Angst gehabt, um mich jetzt noch an ein anderes von den blöden Biestern zu gewöhnen.«

Bevor jemand etwas auf ihre Worte erwidern konnte, drangen Stimmen durch den Wald und eine Gruppe von Reitern und Männern zu Fuß kam auf sie zu. Der König war unter ihnen und dann sahen sie auch Morgan, der totenbleich auf seinem Pferd vor einem Soldaten saß, der ihn stützte. Die Brust des Feldmarschalls war bedeckt von einem breiten Verband.

»Morgan!«, rief Sanna und die Freunde liefen der Gruppe entgegen. Der Feldmarschall sah sie kommen und nickte ihnen schwach zu.

»Der Herr möge euch segnen, meine Freunde«, brachte er hervor und hustete. Sein Gesicht war fast so grau wie sein Haar. »Wir haben es geschafft. Ihr habt es geschafft. Der König hat sein Schwert wieder.«

»Seid still, Morgan«, mahnte der König ihn. »Ihr seid zu schwach zum Reden, also spart Euch Atem für Eure Gesundung. Nehmt das als königlichen Befehl, so dies der einzige Weg ist, Euch ruhigzustellen.«

Der Feldmarschall nickte ergeben und schloss lächelnd die Augen.

»Er wird doch wieder gesund, oder?«, fragte Jeans den König, sobald der Soldat mit Morgan ein Stück weit entfernt war.

»Es ist zwar ernst, aber der Fürst hat schon Schlimmeres überstanden«, meinte der junge Mann und stieg schwungvoll ab. Die Kinder standen vor ihm und warteten gespannt, was nun geschehen würde, während der König sie nacheinander von Kopf bis Fuß mit seinen durchdringenden blauen Augen musterte. Besonders lange haftete sein Blick auf Sanna.

»Nun gut«, begann er schließlich. »Morgan hat mit seinem knappen Atem versucht mir zu erklären, wer ihr seid, doch ich habe ihn einfach nicht verstanden. Ich freue mich bereits darauf, es von euch selbst zu hören. Einstweilen danke ich euch dafür, dass ihr das hier« – er klopfte auf das Bronzeschwert an seinem Gürtel – »zurückerobert habt. Ihr werdet zu gebührender Zeit noch angemessen belohnt werden.« Er lächelte traurig. »Doch nun muss ich rasch noch mein Land retten, und bis dies vollbracht ist, werdet ihr euch in Geduld üben müssen.«

»Kein Problem«, beruhigte Art ihn fröhlich. »Ich wollte nur fragen, wie das ist: Stimmt es, dass Könige eigentlich nur damit beschäftigt sind, für einen Nachkommen zu sorgen und . . .«

»Art!«, zischte Jeans und packte ihn an der Schulter. »'tschuldigung, er plappert gerne mal drauflos«, erklärte sie verlegen lachend.

»Offensichtlich, ja«, meinte der König, stieg wieder auf seinen Schimmel und folgte seinen Männern zur Straße. Die Kinder sahen ihm verblüfft hinterher.

»Ist der jetzt nett oder nicht?«, fragte Jeans leise. »Ich bin mir nicht ganz sicher.«

»Vielleicht sind Könige so«, überlegte Phillo. »Der muss sich bestimmt den ganzen Tag mit Vollidioten herumschlagen. Da wird man irgendwann ein bisschen deutlicher.«

»Na gut, aber ich hätte schon gedacht, dass er sich mehr über unsere Hilfe freut«, wandte Sanna ein. »Immerhin haben wir dieses doofe Schwert mitgebracht.«
»Er hat gesagt, dass er sich später mit uns beschäftigen will«, meinte Jeans schulterzuckend. »Warten wir's ab.«
»Wird uns auch nichts anderes übrig bleiben«, brummte Sanna unzufrieden.
Gemeinsam gingen sie zur Straße zurück. Sie kamen gerade noch rechtzeitig, um zu sehen, wie der König das Schwert der Alten zog und in die Höhe hielt. Die Klinge funkelte geheimnisvoll in den roten Strahlen der Abendsonne und die Männer brachen in lauten Jubel aus.
»Wir reiten jetzt zum Sitz von Fürstin Maureel«, verkündete der König. »Wir haben uns ein wenig Erholung verdient. Jendor, Ihr nehmt die Spitze, Geldon, Ihr die Nachhut.« Hier sah er sich nach den vier Freunden um, die aus dem Wald heraustraten. »Und kümmert Euch um unsere Retter und ihre Pferde.«
Langsam setzte sich der Zug in Bewegung, während ein paar Soldaten die Pferde der Freunde brachten. Es dauerte eine Weile, bis sich jemand gefunden hatte, der Phillo hinter sich nahm. Doch dann endlich konnten sie auch aufbrechen, und während die Sonne hinter dem Horizont versank, galoppierten sie durch den dunklen Wald, weiter nach Süden.

BALD schon führte die Straße aus dem Wald heraus und zu beiden Seiten erstreckten sich weite Felder voller Getreide und große Weiden mit Kuh- und Schafherden. Immer wieder ritten sie durch kleinere Dörfer oder passierten große Herrenhäuser, hinter deren Steinmauern die Hunde anschlugen, als der Zug vorbeikam. Die ganze Landschaft wirkte satt und reich und hatte kaum noch etwas mit den unberührten Wäldern der nördlichen Provinz zu tun.
Nach einer guten Stunde erreichten sie eine Anhöhe und der Zug stoppte einen Moment. Auf der Ebene unter ihnen erhob sich düster im Licht des aufsteigenden Mondes eine kleine Burg. Auf den Zinnen brannten viele Fackeln und sie konnten Soldaten durch die Wehrgänge laufen sehen.
»Das muss die Burg dieser Fürstin Maureel sein«, rief Sanna erleichtert. In der kühlen Nachtluft hatte sie in den nassen Klamotten zu frieren begonnen.
»Vermutlich«, erwiderte Jeans stirnrunzelnd. »Und was soll der Rest sein? Ein Pfadfinderlager?«
Rund um die Burg erhellten dutzende von großen Lagerfeuern die Dunkelheit und beleuchteten mehr als hundert Zelte, die in strengen Reihen um die Feuer aufgebaut waren. Der Lärm von Hammerschlägen drang

zu den Ankömmlingen empor, Pferde wieherten und immer wieder hallten einzelne Befehle durch die Nacht.

»Das sieht wie ein Armeelager aus«, meinte Art und stellte sich in den Steigbügeln auf, um besser sehen zu können.

»Die Fürstin rüstet zum Krieg«, erklärte ein Soldat ihnen. »Der König wollte darauf vorbereitet sein, Darken angreifen zu müssen.«

»Warum ist er dann mit diesen Männern hierher nach Norden geritten?«, fragte Phillo verwundert. »Ich meine, gegen alle Männer von Darken hätte er doch mit diesen fünfzig keine Chance gehabt.«

»Der König wollte dem verfluchten Kerl Gnade und Straffreiheit anbieten, wenn er das Schwert rausrückt, soweit ich weiß«, brummte der Mann, auf dessen Pferd Phillo ritt, und zerrte genervt an den Zügeln, um den nervösen Wallach zu bändigen. »Das wird er nun wohl nicht mehr tun, schätze ich.«

»Das will ich auch nicht hoffen«, rief Art. »Der Kerl wollte uns umbringen und Sanna hat er zusammengeschlagen!«

»Dafür musste er ja kräftig büßen«, meinte der Soldat lachend. »Hätte sich wohl besser nicht mit euch anlegen sollen, was?«

»Was verschlägt eigentlich Krieger wie euch in diese Gegend?«, fragte ein anderer Mann. »Ich habe in meinem ganzen Leben noch keinen Khoganer oder eine Khuzum in Thebul gesehen.«

Die Kinder sahen sich unsicher an. Was sollten sie darauf antworten? Sanna hatte schließlich die erlösende Idee.

»Unser Freund Ulrik hat uns gebeten ihm zu helfen«, sagte sie nur und die Männer nickten verständig. Anscheinend leuchtete ihnen diese Erklärung ein.

Bevor sie sich weiter unterhalten konnten, setzte sich der Zug wieder in Bewegung. Begeisterte Schreie waren zu hören, als sie zwischen den Zelten hindurch auf die Burg zuritten: »Der König ist zurückgekehrt! Der König kehrt nach Lordan zurück!«

Für einen Moment konnten die Kinder den König sehen, wie er vor dem Tor der Burg seinen Schimmel wendete und das Schwert der Alten zog. Er hielt die funkelnde Klinge in die Höhe und seine blonden Haare schienen im Glanz des Schwertes zu leuchten. Die Schreie wurden zu einem ohrenbetäubenden Gebrüll der Begeisterung. Die Kinder blickten sich unsicher um und überall sahen sie in die verzückten Gesichter der Männer in dem Lager. Was Morgan gesagt hatte, wurde hier eindrucksvoll bewiesen. Das Schwert hatte für diese Menschen wirklich göttliche Kräfte und allein sein Anblick schien sie in einen Freudentaumel zu versetzen. Doch dann schob der König die Klinge wieder in die Scheide und zog in die Burg ein. Als die Kinder durch das hohe Tor ritten, hatte sich das Geschrei wieder gelegt und war munterem Schwatzen gewichen, während die Männer zu ihren Zelten zurückkehrten.

»Der Typ kann wirklich froh sein, dass er seinen Zahnstocher wieder hat«, sagte Jeans leise zu Sanna. »Das Schwert scheint den Leuten ein gutes Stück wichtiger zu sein als er selbst.«
»Vielleicht hast du Recht«, pflichtete Sanna ihr bei. Ihr war es tatsächlich ein wenig unheimlich, wie begeistert die Menschen ein Stück Metall bejubelt hatten. »Ich frage mich, was sie wohl gemacht hätten, wenn das mit dem Schwert gerade Darken gewesen wäre.«
»Vermutlich wäre ihnen der Unterschied gar nicht aufgefallen«, brummte Jeans böse. »Dann hätte Blondie ziemlich blöd aus der Wäsche geguckt.«
Sie kamen in einem Innenhof der Burg an und die Soldaten saßen ab. Eine Weile standen die Freunde unschlüssig herum, als mehrere Männer in gelben Uniformen aus verschiedenen Eingängen strömten, die Pferde versorgten und die Soldaten zu ihren Unterkünften brachten. Nach einer Weile kam ein Bediensteter auf sie zugelaufen und verneigte sich kurz vor den Freunden.
»Ich begrüße Euch im Namen der Fürstin Maureel auf Burg Lordan«, sagte er. »Ich wurde angewiesen Euch zu Euren Quartieren zu bringen. Es tut mir Leid, dass Ihr warten musstet, aber jetzt ist alles für Euch bereitet. Wenn Ihr mir folgen wollt?«
Neugierig liefen die vier Freunde hinter dem Mann her. Nachdem er sie durch verschiedene Gänge und drei Treppen hinaufgeführt hatte, erreichten sie endlich ihre Zimmer.

»Ich hoffe, Ihr werdet mit Eurer Unterbringung zufrieden sein«, erklärte der Mann. »Wenn es Euch an irgendetwas mangelt, wendet Euch bitte getrost an den Diener, der Euch zugeteilt wurde.«

»Wir haben jeder ein eigenes Zimmer?«, fragte Sanna strahlend.

»Und einen eigenen Diener?«, fügte Jeans grinsend hinzu.

»Äh, natürlich«, erwiderte der Mann unsicher. »Solltet Ihr weitere Wünsche haben, wird sich selbstverständlich alles regeln lassen.«

»Nein, ist schon okay«, beruhigte Art ihn fröhlich und lief zu einer der Türen. »Ich nehme das da, denke ich.« Damit war er verschwunden.

»Aha«, sagte Phillo amüsiert. »Dann nehme ich das daneben, in Ordnung?«

»Ach ja, mir fällt noch was ein«, meinte Sanna. »Wann werden wir denn den Feldmarschall Morgan sehen können?«

»Mir wurde gesagt, man würde morgen nach Euch schicken«, erwiderte der Mann. »Einstweilen lässt Euch der König ausrichten, Ihr mögt Euch nach besten Kräften erholen.«

»Soll mir recht sein«, brummte Jeans. »Dann wollen wir mal den Befehlen des Königs folgen, oder?«

Phillo und Sanna nickten und die Freunde verschwanden in ihren Zimmern. Ein erleichterter Seufzer entfuhr Sanna, als sie sah, was man für sie hergerichtet hatte.

Vor einem großen Kamin mit einem munter prasselnden Feuer stand eine hölzerne Badewanne mit dampfendem Wasser. Ein junges Mädchen von vielleicht zwölf Jahren schüttelte gerade die Decke eines gewaltigen Himmelbettes auf und machte einen Knicks, als sie eintrat.

»Ich grüße Euch, Herrin«, sagte sie nervös. »Ich bin Chiara und habe die Ehre, Euch zu dienen, solange Ihr auf Lordan verweilt.«

»Hallo«, sagte Sanna freundlich, ohne den Blick von der Wanne lösen zu können. »Kann es sein, dass dieses Bad für mich ist?«

»Herr Richard hat angeordnet, dass man Euch ein Bad bereitet«, sagte Chiara.

»Das gibt's doch nicht! Er hat wirklich daran gedacht!«, rief Sanna und lachte. »Ich habe letzte Nacht eine Bemerkung gemacht, dass ich gerne einmal heiß baden würde«, fügte sie hinzu, als das Mädchen sie verwirrt ansah.

»Ich habe Euch auch neue Kleidung zurechtgelegt. Man sagte uns schon, dass Eure Sachen durchnässt seien. Ihr müsstet mir nur sagen, was Ihr bevorzugt«, fuhr Chiara fort und nahm Sanna den Umhang von der Schulter.

»Oh Gott«, stöhnte Sanna glücklich. »Endlich einmal ist alles in Ordnung. Danke schön, ich werde mir das Zeug nachher mal ansehen. Aber jetzt würde ich wirklich gerne erst baden. Ich bin völlig erfroren.«

Sie schlüpfte aus ihren Kleidern und ließ sie einfach auf

den Boden fallen, wie sie es zu Hause immer tat. Hier allerdings sammelte Chiara die Sachen schnell ein und legte sie sich über den Arm, was Sanna sofort ein wenig peinlich war. Doch das Mädchen schien ihr Verhalten völlig normal zu finden und plauderte munter weiter, während Sanna sich glücklich seufzend in die heiße Wanne setzte.

»Ich habe eine Auswahl von Duftölen, die Ihr benutzen könnt«, sagte sie und brachte Sanna eine Hand voll kleiner Fläschchen. »Die Fürstin selbst schickt sie Euch und auch die Seife hier.«

Genießerisch schnupperte Sanna an den Ölen und entschied sich schließlich für eines, das nach Rosen und Vanille duftete. Auch die Seife roch angenehm blumig und Sanna schrubbte sich mit Genuss den Dreck und Schweiß vom Körper.

»Wollt Ihr Euer Nachtmahl mit Euren Freunden einnehmen oder bevorzugt Ihr es, wenn ich es in Eurem Zimmer serviere?«, erkundigte sich Chiara diensteifrig und reichte Sanna ein flauschiges Handtuch.

Sanna dachte einen Moment nach, während sie sich abtrocknete. Die letzten Tage über war sie ununterbrochen mit den anderen zusammen gewesen. Eigentlich konnte sie etwas Ruhe ganz gut vertragen. »Ich denke, ich werde hier essen«, meinte sie schließlich und lachte leise. Sie wurde zum ersten Mal in ihrem Leben so bedient und trotzdem hatte sie sich schon recht gut daran gewöhnt.

»Wenn Ihr erlaubt, Herrin, dann hole ich schnell Euer Mahl«, sagte Chiara und legte Sanna einen dicken Bademantel um die Schultern. »Die Kleider habe ich dort drüben auf der Truhe ausgelegt. Wenn Ihr Euch so lange etwas aussuchen wollt?«

»Ich glaube nicht, dass ich heute noch etwas anderes anziehen werde«, gähnte Sanna und schlenderte zu der Truhe hinüber. »Aber ich kann mir ja schon mal etwas für morgen aussuchen.«

Eine Viertelstunde später kehrte Chiara mit einem Korb zurück, dessen Inhalt sie sorgfältig auf dem Tisch ausbreitete. Sanna lief das Wasser im Mund zusammen, als sie das Essen sah. Da tauchten verschiedene Pasteten aus dem Korb auf, Brot, Wurst und Käse, kalter Braten und ein paar Hühnchenkeulen, Obst und eine Art Kuchen, eine Karaffe Wein und eine mit Wasser.

»Wenn Ihr etwas Warmes wollt, müsst Ihr etwas länger warten«, entschuldigte sich das Mädchen.

»Das geht nicht«, entschied sich Sanna schnell und setzte sich. »Hast du auch Hunger?«

»Wie bitte?« Chiara sah sie völlig verunsichert an.

»Ob du auch Hunger hast? Wenn ja, dann setz dich hin und iss etwas.«

»Das geht doch nicht, Herrin«, stotterte das Mädchen. »Ich kann nicht – wenn ich . . .«

»Wie wäre es, wenn du es als Befehl nimmst?«, schlug Sanna vor, schnitt sich ein Stück von einer Pastete ab und stopfte es sich in den Mund. »Setz dich hin und iss

was. Das macht mich ganz nervös, wenn du hier herumläufst, während ich futtere.«
»Danke, Herrin«, sagte Chiara verwirrt und setzte sich so vorsichtig auf den Stuhl, als könnte er jeden Moment explodieren. Doch der Duft des Essens ließ ihren Widerstand schnell schmelzen und schließlich langte sie mit demselben Eifer zu wie Sanna.
Nachdem sie ihren schlimmsten Hunger gestillt hatte, horchte Sanna ihre Dienerin ein wenig über die Fürstin aus. Nach kurzer Zeit war ihr klar, dass zumindest Chiara glücklich war dieser Maureel zu dienen; das konnte sie an dem Leuchten ihrer Augen erkennen, wenn sie von der Fürstin sprach.
Doch dann wechselte die Dienerin plötzlich das Thema. »Wenn ich etwas fragen darf, Herrin«, begann sie zögernd. Sanna nickte ermutigend.
»Haben alle Frauen Eures Volkes so schöne Augen?«
Sanna hörte überrascht zu kauen auf. »Hm«, machte sie und schluckte. »Ich weiß nicht genau«, brummte sie schließlich. »Ich kenne nicht so besonders viele Leute meines Volkes.«
»Aha«, sagte Chiara verwirrt und traute sich nicht mehr noch weiterzufragen.
Obwohl sie von da an wieder über andere Sachen redeten, ging Sanna diese Frage nicht mehr aus dem Kopf. Sie war eine Elhaîn, das hatte sie schon mitbekommen. Und auch, wenn sie sich mittlerweile damit abgefunden hatte, dass sie vielleicht im Körper von jemand anderem

steckte, zeigte ihr Chiaras Frage, dass sie keine Ahnung hatte, wer oder was sie tatsächlich war.
Trotz dieser Sorgen konnte Sanna schließlich die Augen kaum mehr offen halten und sie verzog sich in das wunderbar weiche Bett. Genussvoll wickelte sie sich in die herrlich kühlen Laken und schlief sofort ein. Sie bekam nicht einmal mehr mit, wie zwei Diener ins Zimmer schlichen, um das Bad wegzutragen.

Ein Geräusch weckte Art auf und er fuhr hoch. Durch das Fenster fiel strahlender Sonnenschein und sein Diener Gandrem breitete leise verschiedene Kleidungsstücke auf dem Tisch an der Wand aus. Mit einem zufriedenen Seufzen ließ Art sich wieder in sein warmes Kissen zurücksinken und schloss noch einmal die Augen. Er hatte geträumt, dass er verschlafen hätte und zu spät in die Schule kommen würde. Doch all das war so weit entfernt, dass er sich kaum noch daran erinnern konnte.
Nach wenigen Minuten hielt er es nicht mehr aus und sprang aus dem Bett. Gandrem zuckte zusammen, als Art hinter ihm ein fröhliches »Guten Morgen« rief und interessiert die Sachen musterte, die der Junge ausbreitete.
»Guten Morgen, Herr«, stotterte er. »Ich habe Euch ein paar Kleider gebracht. Ich hoffe, dass etwas darunter ist, das Euer Gefallen findet.«
»Mal sehen«, brummte Art zögernd und kratzte sich an dem neuen Verband, den ihm ein freundlicher Arzt am

Vorabend gemacht hatte. Er hatte eigentlich keine Lust, sich etwas anzuziehen. Im Laufe der letzten Tage hatte er sich an seinen Pelz gewöhnt. Andererseits sahen die Klamotten zu edel aus, um sie nicht doch wenigstens einmal genauer anzuschauen.

Versuchsweise schlüpfte er in eine dunkelblaue Hose aus einem seltsamen, feinen Stoff, der wohl aus Wolle gemacht war. Dazu zog er noch ein weites Hemd aus weißer Seide über, dessen Säume golden bestickt waren. Ein Paar weicher brauner Stiefel machten seinen Aufzug komplett. Das Zeug kratzte leicht, aber der Anblick machte alles wieder wett. Sein goldbrauner Pelz passte einfach zu gut zu den Sachen. Und außerdem war es vielleicht gar nicht so schlau, die ganze Zeit herumzulaufen wie ein Affe, wenn man sowieso schon wie einer aussah. Art beschloss da mal jede Verwechslung auszuschließen.

Es klopfte an der Türe und Jeans steckte ihre roten Zotteln zur Türe herein. Als sie ihn sah, musste sie grinsen.

»Hey, Art, beruhige dich!«, erklärte sie. »Nur die Affen auf den Postkarten müssen sich etwas anziehen. Du siehst auch so schon doof genug aus.«

»In Ordnung, ich setze eine Perücke auf, springe in einen Eimer mit roter Farbe und vertraue mich einem irre gewordenen Tätowierer an«, gab Art unbeeindruckt zurück. »Guten Morgen.«

»Morgen«, lachte Jeans. »Na, komm, du Schönling. Wir haben ein Date mit dem König und der Fürstin.«

»Cool!«, rief Art und lief ihr hinterher. Draußen warteten bereits Sanna und Phillo. Jeans hatte sich wieder für völlig schwarze Sachen entschieden, nur waren diese hier aus Samt und mit silbernen Stickereien verziert. Phillo trug eine dunkelbraune Hose aus Leder und ein rotes Samthemd. Als er Sanna betrachtete, blieb Art vor Staunen der Mund offen stehen. Sie hatte ein schlichtes weißes Kleid an, doch gerade davon hob sich ihre tiefbraune Haut wunderbar ab. Ihre Haare waren gewaschen und gekämmt und nun flossen sie blauschwarz über ihre Schultern herab, während die Augen in einem klareren Blau wie je zuvor blitzten. Den Anhänger trug sie zwar um den Hals, hielt ihn aber vorsichtshalber unter dem Stoff des Ausschnitts verborgen.
»Ist was?«, fragte Sanna grinsend, als Art sie anstarrte. Sie wusste scheinbar ganz genau, wie gut sie aussah. Der Blick des Dieners, der sie abholen sollte, sagte auch wirklich genug, wie Jeans etwas missmutig feststellte.
»Nein«, murmelte Art. »Gehen wir?«
Der Diener führte sie quer durch die ganze Burg, bis sie endlich einen Saal erreichten, in dessen Mitte an einer langen Tafel für das Frühstück gedeckt war. Die hohen Wände des Saals wurden durchbrochen von großen Fenstern, durch die warm die Morgensonne hereinschien.
»Einen guten Morgen wünsche ich euch, meine Retter«, begrüßte der König sie vom Kopfende der Tafel und nickte ihnen freundlich zu. An den Seiten neben ihm sa-

ßen Morgan, der immer noch furchtbar blass war, und eine ältere Frau in einem hellgelben Kleid, auf deren silbernem Haar ein schmaler Goldreif saß. Zu ihrer Linken saß noch ein weiterer Mann in dunklen Gewändern, der die Neuankömmlinge streng musterte.

»Guten Morgen, Majestät«, erwiderte Sanna strahlend, trat neben den König und versuchte einen Knicks. Die anderen drei beobachteten sie und warfen sich fragende Blicke zu. Schließlich verbeugten sich Art und Phillo, während Jeans nur spöttisch lächelte. Morgan sah sie stirnrunzelnd an. Doch der König war viel zu sehr mit Sannas Anblick beschäftigt, um Jeans Verhalten zu bemerken.

»Nun gut«, meinte er endlich und sah auch die anderen drei an. »Dies hier ist Fürstin Maureel, eure und meine Gastgeberin.«

»Hallo«, sagte Art freundlich. »Wie geht es Ihnen?«

Ein verwundertes Lächeln glitt über das Gesicht der alten Dame. »Ich befinde mich wohl und danke auch für eure Sorge«, erwiderte sie. »Ich hoffe, eure Quartiere waren zu eurer Zufriedenheit.«

»Vollkommen«, bestätigte Jeans. »Besonders das mit dem Bad war wunderbar, danke.«

»Das freut mich«, sagte die Fürstin. »Dies hier ist Olar, mein Kommandant.« Der Mann mit dem strengen Gesicht stand auf und verneigte sich knapp vor den Kindern, während Morgan sie der Reihe nach vorstellte.

»Gebt uns doch die Ehre und esst einen Happen mit

uns«, sagte der König endlich und deutete auf die gedeckten Plätze. »Ich dachte, wir könnten uns jetzt ein wenig über euch und unsere noch bevorstehenden Aufgaben unterhalten.«

»Gerne«, erwiderte Sanna und warf dem Feldmarschall einen besorgten Blick zu. »Wie geht es *Euch,* Morgan?«

»Recht gut, ich danke dir«, antwortete er, um sie dann erstaunt anzusehen. Auch die anderen drei warfen sich amüsierte Blicke zu. Anscheinend hatte Sanna fest vor vor dem König besonders gutes Benehmen zu zeigen. »Der Wundarzt der Fürstin hat mich wunderbar versorgt. Um den armen Richard mache ich mir mehr Sorgen.«

»Sanna hat erzählt, dass er noch einmal verwundet wurde«, meinte Phillo.

»Das stimmt, aber seine Wunden sind gereinigt und genäht. Mit Gottes Hilfe wird er sich wieder erholen.«

»Morgan hat mir bereits alles in groben Zügen berichtet«, sagte der König. »Vor allem, woher ihr kommt und wie ihr in diesen Streit verwickelt wurdet. Aber ich würde doch gerne noch einmal die ganze Geschichte aus eurem Mund hören – von dem Zeitpunkt an, da ihr auf Dunkelstein gefangen wart.«

Abwechselnd berichteten die Kinder nun von ihren Abenteuern, bis sie bei dem Kampf an der Furt angelangt waren. Art vergaß vor lauter Begeisterung über seine Erzählung fast zu essen, während die anderen sich

gründlich voll stopften. Sie hatten immer noch eine Menge nachzuholen.
»Eine unglaubliche Geschichte«, staunte die Fürstin, als sie geendet hatten. »Ich bewundere Ulrik für seinen Schachzug, euch um Hilfe zu bitten.«
»Ein gewagter Zug, so fremdartige Krieger auszuwählen«, stellte ihr Kommandant stirnrunzelnd fest. »Versteht dies bitte nicht falsch, aber ich hätte etwas unauffälligere Kämpfer genommen.«
»Nur gut, dass Ulrik den Mut hatte, nicht so wie wir zu handeln«, meinte der König und lächelte Olar freundlich zu. »In jedem Fall haben wir das Schwert der Alten wieder und ich würde unsere vier Krieger zu gerne ihrem Verdienst gemäß feiern lassen.« Er warf einen ernsten Blick in die Runde. »Doch haben wir einstweilen leider dringendere Sorgen. In den Bergen haben sich einige meiner Krieger mit den Männern des Herzogs geschlagen. Mit Gottes Hilfe konnten sie ihre Gegner vertreiben. Doch wir müssen befürchten, dass Darken nach dem Verlust des Bronzeschwertes bald aufbricht, um die Stadt der Alten erneut zu betreten. Auch wenn wir nicht genau wissen, wo sich die Stadt befindet, müssen wir ihn in jedem Fall abfangen und an dieser Wahnsinnstat hindern. Meine Krieger satteln bereits die Pferde und machen sich marschbereit.«
»Wollt Ihr nicht doch wenigstens fünfzig von meinen Männern mitnehmen, Majestät?«, fragte die Fürstin und

sah ihn ernst an. »Wer weiß, was Euch in den Bergen erwartet.«
»Wenn es mir nicht gelingt, Darken an seinem Vorhaben zu hindern, werdet Ihr die Männer dringend benötigen, um die Burg zu verteidigen, Maureel«, erwiderte der König kopfschüttelnd. »Nein, dies ist meine Angelegenheit und ich werde sie mit Gottes Hilfe zu regeln wissen.« Er lachte und seine Augen blitzten düster. »Wenngleich ich befürchte, dass das gezackte Schwert diese Hilfe schon gewesen ist.«
»Womit der Herr Euch bereits mehr geholfen hätte als Thaokio«, versetzte Olar grimmig.
Larson schüttelte den Kopf. »Der Kaiser ist durch den Krieg im Süden gefesselt. Die verfluchten Kyarther lassen nicht locker und ihre Reiter haben schon vor drei Monaten vier Befestigungen an der Grenze zerstört. Thaokio kann uns beim besten Willen nicht helfen. Und selbst wenn er Truppen entsenden würde, kämen sie erst in drei oder vier Wochen hier an.«
»Dann könnte es für uns schon zu spät sein«, meinte die Fürstin leise. »Wenn Darken Erfolg hat.«
»Ebendies müssen wir verhindern«, rief Larson und schlug mit der flachen Hand auf den Tisch. »Und darum werde ich noch in dieser Stunde aufbrechen.«
Die Kinder hatten die ganze Unterhaltung stumm mit angehört. Doch jetzt meldete sich Art hektisch zu Wort: »Und wir?«, platzte er heraus. »Was ist mit uns?«
»Ich stelle euch frei mich zu begleiten«, sagte er. »Nach

dem Geschick, das ihr bis jetzt bewiesen habt, würde ich euch gerne an meiner Seite wissen. Doch versteht dies nicht als Befehl, sondern nur als Bitte.«
»Können denn Könige überhaupt bitten?«, erkundigte sich Jeans spöttisch. »Ich habe mal gelesen, dass jede königliche Bitte eigentlich ein Befehl ist, weil man sie sowieso nicht abschlagen kann.«
Einen Moment lang herrschte eisiges Schweigen und alle Augen richteten sich auf Jeans, der jetzt erst klar wurde, was sie da gerade gesagt hatte. Schließlich lachte Larson leise. »In eurer Heimat mag das so sein«, meinte er schmunzelnd, »doch ich pflege Befehle nicht mit einer netten Lüge als Bitte zu verkleiden.«
»Entschuldigung«, sagte Jeans hastig, »so habe ich das nicht gemeint.«
»Dann verstehen wir uns ja«, schloss Larson das Thema ab. »Die Frage bleibt, ob ihr mich begleiten wollt.«
»Klar!«, schrie Art begeistert. »Eine versunkene Stadt suchen! Geil!«
»Wir werden die Stadt auf keinen Fall betreten, selbst wenn wir sie finden«, erklärte Larson stirnrunzelnd. »Es geht hier nur darum, Darken eben daran zu hindern. Doch wenn ihr mir dabei behilflich sein wollt . . .«
Sanna zog eine Grimasse. »Moment mal«, meinte sie vorsichtig. »Ich weiß nicht, was Morgan Ihnen – äh, ich meine Euch – bereits erzählt hat. Aber wenn ich ehrlich bin, glaube ich gar nicht, dass wir Euch so besonders nützlich wären.«

»Ich fürchte, Sanna hat Recht«, stimmte Phillo ihr zu. »Wir sind im Grunde gar keine Krieger. Ich hätte zwar schon Lust, Euch zu helfen, aber ich wüsste gar nicht genau, wie wir das machen sollten.«

»Die Entscheidung liegt bei euch«, meinte Larson. »Aber du hast im Laufe der letzten Tage mehr Mut und Geschick bewiesen, als so manch anderer. Deine Bescheidenheit ehrt dich, dennoch will sie mir unangebracht erscheinen.«

»Was soll denn das?«, fragte Art seine Freunde fassungslos. »Wir haben die Chance, die Stadt dieser ›Alten‹ zu sehen!« Er wandte sich an den König. »Ich komme mit«, erklärte er einfach.

»Ein weiterer Grund, nicht mitzugehen«, meinte Jeans und Art streckte ihr die Zunge heraus. »Aber ich verstehe auch nicht ganz, warum wir nicht mitgehen sollten«, fuhr sie fort. »Immerhin haben wir sonst kaum was Besseres zu tun, oder?«

»Auch wieder richtig«, gab Phillo zu. »Na gut, ich würde auch mitkommen. Sanna?«

»Nachdem uns seine Majestät so nett gerettet hat, sollten wir zusehen, dass wir uns wenigstens revanchieren«, sagte Sanna. »Okay, wir kommen mit.«

»Wunderbar«, erwiderte Larson und sah die Fürstin an. »Maureel, würdet Ihr so gut sein und unsere Freunde ausrüsten, so gut es geht?«

»Natürlich, Majestät«, sagte die alte Dame und wandte sich an ihren Kommandanten. »Olar, seht doch bitte zu, was Ihr für unsere Gäste auftreiben könnt.«

»Zu Befehl, Herrin«, entgegnete der Mann und stand auf. »Wenn ihr mir folgen wollt? Wir werden prüfen, was sich in unseren Waffenkammern für euch finden lässt.«
»Sehr gut«, schloss Larson. »Wir treffen uns in einer halben Stunde im Westhof. Sobald ihr bereit seid, werden wir aufbrechen.«

Der Kommandant führte die Kinder quer durch die Burg zu einem flachen, viereckigen Gebäude, das die eine Seite eines großen Hofes in der Mitte der Burg bildete. Im Erdgeschoss waren mehrere Schmieden einquartiert, in denen Hochbetrieb herrschte. Die Männer, die hier arbeiteten, trugen lediglich einen Lendenschurz und schwere Lederwesten, was bei der ungeheuren Hitze nur zu verständlich war. Überall ertönte das Klirren von Hämmern auf glühendem Stahl, das Zischen von Wasser und das Schnaufen der Blasebalge, die die Feuer in den Öfen anheizten.
»Ihr seht, die Fürstin rüstet sich für den Kampf mit dem Herzog«, schrie Olar durch den Lärm, während er sie eine Treppe hinaufführte. »Die Männer vor der Burg sind zur Zeit kaum zur Hälfte vernünftig bewaffnet, von Rüstungen ganz zu schweigen.«
Das erste Stockwerk war ein einziger großer Raum, der lediglich durch verschiedene Regale unterteilt wurde. Staunend betrachteten die Kinder Waffen aller Art. Da lagen Unmengen von schlichten Schwertern, Lanzen

und Beilen und auch in verschiedenen Kisten Einzelteile wie Pfeilspitzen, Parierstangen und Holzgriffe.

»Ich weiß leider nicht, welche Waffen ihr bevorzugt«, meinte der Kommandant. »Wenn ihr euch einfach umsehen wollt, werdet ihr aber hoffentlich etwas finden, was euch genehm ist. Ich werde derweil versuchen den Rüstwart zu finden, der euch sicherlich noch besser helfen kann als ich.«

Mit diesen Worten verschwand er und ließ die vier alleine. Art begann sofort sich begeistert umzusehen und lief zwischen den Regalen entlang.

»Er hat keine Ahnung, welche Waffen wir bevorzugen«, kicherte Jeans. »Was für ein Wunder, ich auch nicht.«

»Einen Panzer werden wir hier wohl nicht finden«, meinte Phillo grinsend.

»Damit wäre das Problem mit dem Herzog wohl gelöst«, sagte Sanna. »Aber ehrlich gesagt kann ich mit einem Knüppel mehr anfangen.«

Phillo sagte. »Stimmt auch wieder. Ich werde einfach warten, bis dieser Rüstwart hier auftaucht – Waffenkauf ist schließlich Vertrauenssache«, fügte er lachend hinzu.

»Ich hab was!«, rief Art von der anderen Seite des Raumes her. Neugierig gingen die Freunde ihm nach. Sie fanden ihn vor einem Regal, in dem dutzende von Armbrüsten lagen. Art hatte eine besonders große herausgenommen und betrachtete sie stolz.

»Kannst du mit dem Ding denn umgehen?«, fragte Phillo skeptisch. Art sah ihn erstaunt an. »Was soll daran denn bitte schwierig sein?«, fragte er zurück und versuchte vergeblich die Sehne zurückzuziehen. Seine dünnen Arme hatten einfach nicht die Kraft, um die Waffe zu spannen.

»Lass mich mal!«, brummte Jeans, nahm ihm die Armbrust aus der Hand und bemühte sich ebenfalls. Doch erst Phillo gelang es unter großer Anstrengung, die Waffe zu spannen.

»Zumindest für euch ist das nichts«, stellte er fest und zog den Abzug. Mit einem Knall schnellte die Sehne nach vorne. Er legte das vibrierende Ding wieder zurück ins Regal. »Ihr werdet euch wohl was anderes suchen müssen.«

In diesem Moment hörten sie Olar zurückkommen, der mittlerweile den Rüstwart gefunden hatte. Er war ein verwitterter, älterer Mann, der die Freunde nur kurz musterte und dann bedauernd den Kopf schüttelte.

»Rüstungen für sie zu finden wird vermutlich schwer werden, Herr«, meinte er zu Olar. »An Kettenhemden haben wir gerade nur ein gutes Dutzend da und selbst davon sind die meisten beschädigt. Und Plattenpanzer in den Größen haben wir schon gar nicht. Mehr als Leder wird's wohl nicht werden.«

»Fürs Erste muss das dann wohl reichen«, entgegnete ihm Olar. »Ich bin sicher, Ihr tut, was Ihr könnt, Gellert. Ich bitte Euch nur, beeilt Euch. Der König erwartet unsere Gäste in einer halben Stunde im Westhof.«

Der Rüstwart nickte und sah die Freunde an. »Na gut,

mit welchen Waffen kann ich euch dienen, Herrschaften?«

Die vier sahen sich ratlos an. »Was denken Sie denn, was uns nützen würde?«, fragte Jeans schließlich.

Mit Hilfe des Rüstwarts und des Kommandanten betraten die vier eine gute Viertelstunde später mit ihren neuen Waffen und von Kopf bis Fuß in schwere Ledersachen gekleidet den Westhof. Die Soldaten des Königs saßen bereits auf ihren Pferden und musterten sie interessiert. Der König trug wieder seine Rüstung und kam ihnen mit langen Schritten entgegen, das Bronzeschwert an der Seite. Hinter ihm ging Morgan, der allerdings weder seine Rüstung noch sein Schwert trug.

»Anscheinend konnte euch geholfen werden«, bemerkte er und nickte Olar dankbar zu. »Ich hoffe, ihr seid zufrieden.«

»Geht so«, brummte Art und versuchte vergeblich sich unter seinem ledernen Hemd zu kratzen. Er bereute schon, dass er sich in diese Klamotten gezwängt hatte.

»Eigentlich schon«, meinte Sanna lächelnd und legte die linke Hand auf den Knauf des schmalen Schwertes, das an ihrem Gürtel baumelte. »Der Kommandant und der Rüstwart haben getan, was sie konnten.«

»Das sehe ich«, sagte Larson und musterte die Freunde. Jeans hatte sich für ein ähnliches Schwert wie Sanna entschieden, wenn ihres auch ein Stück größer war. In Arts Gürtel steckte ein langer Dolch, der gemessen an seiner Größe allerdings auch schon ein Schwert war. Nur Phillo hatte sich für ein zweischneidiges Beil entschieden, dessen Kopf mit einem Riemen an seiner Seite befestigt war. Er war sich nicht ganz sicher, ob seine Wahl richtig war. Aber das Pfeifen der Klinge, als er die Waffe versuchsweise durch die Luft hatte sausen lassen, hatte ihm einfach zu gut gefallen.

»Jedenfalls seht ihr ein ganzes Stück wehrhafter aus als noch in der Gaststätte«, lachte Morgan leise.

»Begleitet Ihr uns nicht, Morgan?«, fragte Phillo.

»Mein König hat es mir verboten«, brummte der Feldmarschall.

»Ihr seid schwer verletzt, alter Knabe!«, fuhr Larson ihn scharf an. »Seht Euch an, Ihr seid immer noch bleich wie der Tod – den Ihr Euch sicher holen würdet, so Ihr uns begleiten würdet. Und wenn ich mir etwas nicht leisten kann, dann, Euch zu verlieren. Ihr bleibt hier und erholt Euch, so gut Ihr könnt, verstanden?«

»Auch wenn mir Euer Wunsch Befehl ist, kann ich nicht sagen, dass mir der Befehl zugleich ein Wunsch ist, Majestät«, erwiderte Morgan und grinste gequält. »Dennoch wünsche ich Euch allen viel Glück und den Beistand Gottes bei Eurem Kampf.«

»Danke, das ist nett«, erwiderte Sanna lächelnd. »Erholt Euch gut.«

»Nun denn«, meinte der König ungeduldig und seine Augen blitzten düster. »Lasst uns aufbrechen. Wir müssen einen irrsinnigen Herzog aufhalten!«

Man hatte für die Freunde wieder die Pferde gesattelt,

die sie den Männern des Herzogs abgenommen hatten. Jeans schnaubte streitlustig, als sie auf den schwarzen Hengst zustapfte. »So, mein Lieber«, erklärte sie dem Tier, das sie mit rollenden Augen anstierte. »Nun werden wir sehen, ob du immer noch so widerborstig bist.« Damit schwang sie sich in den Sattel, während Sanna Art auf seinen Wallach half und dann auf ihre Stute stieg. Phillo hielt sich vorsichtig von den Pferden fern, um sie nicht zu beunruhigen. Nach kurzer Zeit kam der Soldat angetrabt, der ihn schon am Vorabend mitgenommen hatte, und ließ ihn aufsitzen. Das Pferd begann sofort wieder zu tänzeln, schien sich aber mittlerweile doch einigermaßen mit der Echse auf seinem Rücken abgefunden zu haben.

Kurze Zeit später preschte der Zug aus dem Hof, über die Zugbrücke der Burg und auf der Straße zurück nach Norden. Nachdem sie eine Stunde geritten waren, schwenkten sie nach Westen ab und galoppierten über Felder und Wiesen auf die Berge zu, die in der hellen Mittagssonne am Horizont in feurigem Rot leuchteten.

ALS vor ihnen die Sonne hinter den Bergen unterging und die Nacht von Osten heranzog, hatten sie bereits die ersten Ausläufer des Gebirges erreicht. Der Boden wandelte sich von weichem Gras zu hartem Fels, und noch bevor der Mond zu sehen war, mussten sie ihre Rösser zeitweise am Zügel führen, da der Weg zu gefährlich wurde.

»Wir haben es bald geschafft«, versicherte Larson den Freunden, als sie ihre Pferde einen bedrohlich steilen Hang hinaufzerrten. »Über uns ist eine Ebene, auf der ein paar meiner Männer Wache halten, um notfalls rasch zu melden, wenn sich Darken nähert. Dort werden wir endlich etwas essen und die Nacht verbringen.«

»Soll mir recht sein«, stöhnte Jeans und warf ihrem Hengst einen bösen Blick zu, als er versuchte, ihr die Zügel aus der Hand zu reißen. »Meine Beine machen das nicht mehr lange mit und mir hängt der Magen bis in die Kniekehlen.«

»Ich vermute, du bist zu alt für so eine Bergtour«, keuchte Art grinsend. »In Zukunft solltest du den Lift nehmen.«

»Das gilt auch für mich«, erklärte Sanna. »Phillo, jetzt könntest du mich fragen, ob du mich tragen darfst.«

»Könnte ich wohl, da hast du Recht«, meinte Phillo und lachte. »Aber ich lasse es lieber.«

»Wir sind da«, stellte der König zufrieden fest. »Ich sehe schon den Schein des Lagerfeuers. Mein Gott, was freue ich mich auf ein bisschen Schlaf!«

Ein paar Minuten später erreichten sie die auf beiden Seiten von dunklen Tannen geschützte Hochebene, auf der nahe dem nächsten Abhang tatsächlich ein munteres Feuer prasselte. Die Soldaten, die vor ihnen gegangen waren, standen da und sahen sich misstrauisch um.

»Was ist los?«, fragte Larson sie und warf seinem Schimmel die Zügel über den Nacken. »Wo sind die Wachen?«

»Das ist ja das Problem, Majestät«, erwiderte einer von ihnen stirnrunzelnd. »Sie waren nicht hier, als wir ankamen. Entweder ist ihnen etwas zugestoßen oder sie haben es mit der Angst zu tun bekommen und sind abgehauen.«

»Verdammt!«, knirschte Larson und suchte die Tannen am Rand der Ebene mit Blicken ab. »Ich könnte wetten, dass hier etwas nicht mit rechten Dingen zugeht. Sagt den Männern, sie sollen sofort die ganze Umgebung absuchen und zwar gründlich. Keiner baut das Lager auf, bevor ich nicht weiß, was mit den Wachen geschehen ist.«

»Zu Befehl, Majestät«, erwiderte der Soldat und ging los, um die Anweisungen weiterzugeben.

»Das ist ein idealer Ort für einen Hinterhalt«, murmelte

Larson und sah zu den letzten Soldaten hinüber, die gerade ihre Pferde auf die Ebene führten. Unbehaglich sahen sich die Kinder um. Tatsächlich konnte sich hinter den Bäumen ein ganzes Heer verbergen, ohne gesehen zu werden.
»Wenn dies tatsächlich ein Hinterhalt ist, sollten wir doch besser ein Stück vom Feuer weggehen, oder?«, erklärte Art nachdenklich. »Von hier aus sieht man ja gar nichts, aber man selbst steht mitten im Rampenlicht.«
»Da hast du Recht«, murmelte Phillo und starrte mit zusammengekniffenen Augen die Bäume an. Plötzlich blitzte etwas zwischen den Stämmen silbern auf und ein Pfeil schwirrte an seinem Kopf vorbei. »Verdammt! Runter!«, schrie er. »Runter, auf den Boden!«
Ohne nachzudenken, ließen sich die Kinder und Larson zu Boden fallen. In diesem Augenblick schrien mehrere Soldaten auf, als sich Pfeile mit einem dumpfen Geräusch durch ihre Rüstungen bohrten.
»Eine Falle!«, brüllte der König und kroch auf dem Bauch aus dem hellen Schein des Feuers. »Eine Falle! Los, runter mit euch!«
Pferde wieherten gellend, als auch sie von verirrten Geschossen getroffen wurden, und rasten über die Ebene, wahnsinnig vor Schmerzen. Die Kinder robbten eilig hinter ein verwundetes Pferd.
»Verdammt, was machen wir jetzt?«, rief Jeans durch das Gebrüll der Soldaten und das entsetzte Wiehern der

Pferde. »Wir müssen von dieser blöden Ebene weg! Hier kriegen sie uns doch sofort!«
»Irgendwann müssen sie aus den Bäumen kommen«, erklärte Larson grimmig. »Und dann werden wir weitersehen. Bis dahin sollten wir bleiben, wo wir sind. Zur Hölle, ich möchte wissen, wie Darkens Männer so schnell hierher gelangt sind! Sie müssen ihre Pferde wahrlich zu Schanden geritten haben!«
Kaum hatte er das gesagt, ertönte zwischen den Bäumen wildes Geschrei und mehrere dutzend Soldaten mit den grünen Mänteln des Herzogs und blanken Schwertern in den Händen stürmten auf die Ebene.
»Der König!«, brüllte einer der Soldaten in ihrer Nähe. »Schützt den König!«
»Dieser Idiot!«, schnaubte Larson. »Will er mich umbringen?«
Tatsächlich erreichte der Mann, dass sich sofort alle Soldaten um den König und die Kinder scharten. Doch nun wussten auch die Männer des Herzogs, wo sich Larson befand, und drangen mit aller Kraft auf sie ein. Mit zitternden Händen griffen die Kinder nach ihren Waffen und warteten darauf, sich zur Wehr setzen zu müssen. Einzig Phillo zog die Axt von seinem Rücken und sprang mit einem wilden Brüllen zwischen die königlichen Soldaten. Seine Augen glommen gelb in der Dunkelheit, und als er mit gefletschten Zähnen die schwere Waffe durch die Luft sausen ließ, wichen Darkens Männer hastig vor ihm zurück.

»Der Khoganer!«, brüllte einer und duckte sich nur um Haaresbreite unter der Axt weg. »Tötet den verfluchten Khoganer! Schießt doch, verdammt!«
Doch keiner der Männer hatte mehr seinen Bogen bereit und Phillo setzte den Zurückweichenden immer weiter nach.
Ein triumphierendes Grollen entfuhr seiner Kehle, doch dann traf ihn plötzlich ein so gewaltiger Schlag in den Nacken, dass ihm schwarz vor Augen wurde und er zusammensackte.

»Selbst jetzt ist sie noch wunderschön«, drang eine Stimme durch die Dunkelheit an Sannas Ohren. »Mein Gott, alleine für diese Haare möchte so manche Königin auf ihre Krone verzichten.«
Benommen sah sie auf und blickte in das schmale Gesicht von Herzog Darken. Seine dunklen Augen blitzten vor Vergnügen.
»Sieh da, unsere kleine Elhaîn erwacht aus ihren süßen Träumen. Ich hoffe, du erinnerst dich an mich?«
Voller Grausen senkte Sanna ihren brummenden Kopf. Wie düstere Blitze schossen ihr die Bilder der vergangenen Nacht durch den Kopf: Phillo, wie er sich mit glühenden Augen auf einen der Soldaten stürzte, nur um hinterrücks niedergeschlagen zu werden. Die königlichen Krieger, die einer nach dem anderen um sie herum erschlagen wurden. Wie Art sich in die Hand eines Mannes verbiss und dann so lange gewürgt wurde, bis

sein kleiner Körper erschlaffte. Jeans, die von einer Klinge an der Schulter getroffen wurde. Der König, dem zuletzt das Bronzeschwert aus der Hand geschlagen wurde. Und dann der grässliche Hieb in ihr Gesicht, der ihr das Bewusstsein raubte.

»Sie scheint sich noch nicht erholt zu haben«, bemerkte der Herzog amüsiert und hob Sannas Kinn an. Seine Züge verhärteten sich einen Augenblick lang und wurden zu einer Grimasse des Wahnsinns. »Du hast mich mit deiner Hexerei niedergestreckt, kleines Mädchen«, flüsterte er und Sanna hörte seine Zähne knirschen. »Dafür wirst du die Ehre haben, als Letzte zu sterben, wenn ich meine neue Macht an euch erprobe. Du wirst deine Freunde sterben sehen, bevor du selbst an der Reihe bist, das verspreche ich dir.«

»Ihr seid wahnsinnig, Darken«, ertönte neben Sanna die Stimme des Königs. »Wenn Ihr wirklich denkt, dass Ihr die Macht der Alten beherrschen könnte, dann werdet Ihr an diesem Irrtum zu Grunde gehen. Und Ihr werdet ganz Thebul mit Euch reißen.«

Sanna drehte ihren schmerzenden Schädel. Sie saß an einen Felsen gelehnt auf der Hochebene, die Hände hinter dem Rücken gefesselt. Neben ihr hockte der König und sie konnte auch Phillo und Art neben sich sehen. Ein Schrecken durchfuhr sie, als sie Jeans zuerst nicht entdecken konnte. Doch dann sah sie ihre Freundin ein paar Meter weiter im Schatten eines anderen Felsens. Man hatte ihre Schulter versorgt und ein großer Blutfleck

prangte auf dem weißen Verband. Sie lag bewusstlos da, aber ein langes Stöhnen verriet Sanna, dass sie lebte.
Mit einem schmalen Lächeln ging Darken vor Larson in die Hocke. Von seinem Hals baumelte Sannas Anhänger, wie sie voll dumpfer Wut bemerkte. »Ganz Thebul geht mit mir zu Grunde?«, fragte er sanft. »Mein König, Ihr erschüttert mich! Das wäre ja schrecklich!« Er hielt sich die Hand verschämt vor den Mund und stieß ein leises Kichern aus. »Gäbe es etwa einen besseren Grund für ein Ende des Reichs als mein Untergang?«, flüsterte er lächelnd. »Nein, ich denke nicht. Also können wir es getrost darauf ankommen lassen, nicht wahr? Aber seid beruhigt: Der Wächter der Stadt hat mir persönlich die Macht der Alten versprochen – ich weiß genau, worauf ich mich einlasse. Leider könnt Ihr es Euch nur nicht vorstellen.«
Damit richtete er sich wieder auf und ging auf einen seiner Männer zu. »Das habt ihr hervorragend gemacht«, lobte er den Mann, der seinen Fürsten stolz angrinste. »Ihr habt wirklich alle lebend gefangen. Ehrlich gesagt, hätte ich selbst nicht geglaubt, dass ihr das fertig bringt.«
Larson starrte ihm fassungslos hinterher. »Er weiß es!«, keuchte er. »Er weiß ganz genau, dass er Thebul vernichtet, wenn er die Macht der Alten entfesselt – und es ist ihm egal!«
»Nicht egal!«, berichtigte Sanna ihn leise und Tränen der Wut stiegen in ihre Augen. »Er will es sogar!«

Sobald die Sonne vollends aufgegangen war, wurden Sannas Freunde von den Männern des Herzogs unsanft aufgeweckt und auf die Beine gestellt. Langsam setzten sie ihren Weg in die Roten Berge fort, nur diesmal in Begleitung des Herzogs und zehn seiner Männer. Immer wieder stolperten sie auf dem unebenen Boden oder stürzten hin, da sie sich nicht einmal mit den Armen abstützen konnten. Jedes Mal wurden sie von den Soldaten brutal hochgerissen und weitergestoßen. Darken marschierte mit energischen Schritten vorneweg und schwang das Bronzeschwert wie einen Spazierstock.

Nachdem sie den ganzen Tag marschiert waren, erreichten sie schließlich gegen Abend eine schmale Schlucht, die an manchen Stellen so eng war, dass sie nur hintereinander gehen konnten. Hierhin drang so wenig von dem letzten Tageslicht vor, dass sie kaum mehr erahnen konnten, wohin sie ihre Füße setzen mussten. Von den Wänden regneten immer wieder Staub und kleine Steinchen auf sie herab. Im Gegensatz zu den anderen Felsen vor der Schlucht wirkte der Stein hier überhaupt nicht verwittert. Diese Spalte war anscheinend erst durch das Erdbeben entstanden, von dem Morgan erzählt hatte.

Die vier Freunde waren vor Erschöpfung schon einer Ohnmacht nahe, als sie das Ende der Schlucht erreichten. Die Wände verbreiterten sich plötzlich zu einem großen Schacht, dessen Öffnung zehn Meter über ihren Köpfen gähnte. Der Abendhimmel tauchte den Schacht in ein rotes Dämmerlicht. Mit offenen Mündern betrachteten Larson und die Freunde das gewaltige Tor aus matt glänzendem Stahl, das schief in einer runden Tunnelöffnung hing.

»Wahnsinn!«, sagte Art begeistert und stolperte über das Geröll am Boden auf den Eingang zu. »Seht euch dieses Ding an!«

Langsam traten alle näher und musterten das runde Tor. Die gesamte Oberfläche des silbrigen Metalls war bedeckt mit verschlungenen Symbolen, die Sanna sofort an die Zeichnungen auf dem kleinen Anhänger erinnerten.

»Was auch immer die Alten in dieses Versteck getrieben hat, es muss gewaltig gewesen sein«, sagte der König heiser.

Das Tor war bestimmt einen halben Meter dick und aus der Seite ragten mehrere runde Metallstäbe, die diese Stadt einst versiegelt hatten. Nun war der Rahmen durch den Druck der Felsmassen geborsten und lag in Trümmern am Boden, während das Tor nur noch nutzlos in der Öffnung klemmte.

»Doch selbst diese Festung konnte dem Druck von Jahrtausenden nicht widerstehen«, stellte Darken schmunzelnd fest. »Zu unser aller Glück, meine ich. Denn nun können wir die Geheimnisse der Alten erforschen und unseren Wissensdurst stillen.«

»Euren Blutdurst, meint Ihr«, knurrte Larson böse.

»Was Euch betrifft, Larson, so habt Ihr damit sicher

Recht«, bestätigte der Herzog zufrieden und machte eine einladende Bewegung in Richtung des Tunnels. »Wollen wir?«
»Sollten wir nicht eine Wache hier lassen, mein Fürst?«, fragte einer der Soldaten stirnrunzelnd.
»Das ist nicht nötig«, sagte Darken. »Wir werden diesen Ort als eine Macht verlassen, der sich nichts mehr in den Weg stellen kann.«
Ohne ein weiteres Wort stieg der Herzog durch die Spalte zwischen dem Tor und dem Felsen. Die Soldaten warfen sich gegenseitig unsichere Blicke zu, doch dann schubsten sie den König und die Freunde voran. Art lief bereitwillig hinter Darken her und sah sich fasziniert in dem Tunnel um. Die Decke und die Wände waren mit wunderschönen hellblauen Schlangenmustern verziert, die ein seltsam weiches Licht verströmten. Die weißen Kacheln am Boden waren trotz der verflossenen Jahrtausende völlig sauber, wenn sie auch etwas stumpf wirkten. Alle zwanzig Meter wurde die Decke von Säulen gestützt, die aus demselben silbernen Metall bestanden wie das Tor. Alles hier strahlte wunderbare Ruhe und Frieden aus. Nach etwa hundert Metern hatten sie das Ende des Ganges erreicht und standen in einem Torbogen, hinter dem sich ein düsterer Raum erstreckte. Hier war von der Freundlichkeit des Ganges allerdings kaum noch etwas zu spüren.
»Hoppla!«, rief Art überrascht. »Da ist aber was Dummes passiert.«

Die anderen nickten nur stumm und musterten das Bild der Zerstörung. Dies musste einst eine gewaltige Halle gewesen sein, in der sich die sagenhafte Stadt der Alten befunden hatte. Nur wenige Meter vor ihnen stand noch eine Mauer mit einer leeren Fensterhöhle und auch in anderen Ecken waren noch Überreste von Häusern zu erkennen. Doch all dies ragte aus einer gewaltigen Geröllhalde hervor, die steil anstieg und sich bis zur Decke der Halle hoch über ihren Köpfen erstreckte. Sie verdeckte auch zur Hälfte das kreisförmige Muster aus goldenen Linien, das direkt hinter dem Torbogen auf den Boden gemalt war.
»Welcher Glanz immer noch in diesem Raum ist!«, flüsterte Darken begeistert. Seine Augen suchten begierig die Umgebung ab. »Die Alten waren wahrhaftig mächtiger, als man es sich vorzustellen vermag. Und diese Macht wird bald mein sein!«
»Ihr werdet an Eurer Macht ebenso zu Grunde gehen wie die Alten selbst, Darken«, stellte Larson grimmig fest. »Nicht einmal sie konnten das Unheil abwenden, und Ihr werdet dies noch weniger können.«
»Eure Sorge rührt mich, Larson«, meinte Darken und lachte. »Seid versichert, Ihr werdet Euch nicht mehr darum bekümmern müssen.« Er legte die Hände an den Mund. »Wo bist du, mein Freund?«, rief er laut und die Wände warfen seine Worte gespenstisch zurück. »Ich habe das Schwert der Macht! Zeige dich!«
Alle stießen ein Keuchen aus, als plötzlich neben Dar-

ken ein Schatten auftauchte, der rasch Konturen gewann.

»Das glaube ich nicht!«, flüsterte Jeans fassungslos, als der Schatten zu einem riesigen Mann wurde, dessen Haut silbern glänzte. Er musterte sie alle mit kalten, kristallenen Augen und sah dann auf das Bronzeschwert in Darkens Hand.

»Ihr habt den Schlüssel«, stellte der silberne Mann ruhig fest. Seine Stimme war völlig monoton und ließ den Freunden Schauer über den Rücken laufen.

»Allerdings«, krächzte der Herzog irre grinsend. »Und nun wirst du meine Befehle befolgen?«

»Ihr müsst den Schlüssel prüfen lassen«, erklärte der Mann knapp. »Vorher kann ich keine Anweisungen befolgen, die meinen Grundaufgaben zuwiderlaufen.«

»In Ordnung«, sagte Darken eifrig. »Was soll ich tun?«

»Führt den Schlüssel in das Schloss des ersten Dieners ein«, wies der Silbermann ihn an und deutete auf die Mitte des goldenen Musters am Boden. Langsam ging der Herzog darauf zu und kniete im Zentrum der Linien nieder. Mit der Hand wischte er den Steinstaub beiseite und sah dann fragend über die Schulter den silbernen Mann an.

»Hier hineinstecken?«, fragte er noch einmal und hob das Bronzeschwert, als der seltsame Riese nickte. Dann fasste er den Griff mit beiden Händen und steckte die Spitze senkrecht exakt in die Mitte des Musters.

Plötzlich begannen die Linien weiß zu leuchten und das

Schwert wurde mit einem sanften Summen in den Boden gezogen. Der Herzog kniete da und starrte mit weit aufgerissenen Augen die Waffe an, die Stück für Stück verschwand, bis die Parierstange den Stein berührte und der Griff sich mit einem Knirschen von der Klinge löste.

»Mein Gott, was geschieht hier?«, keuchte Larson, als das Leuchten des Musters immer greller wurde und alle Umstehenden geblendet die Augen zusammenkniffen.

Der Silbermann stand da und verfolgte das Tun des Herzogs mit unbewegtem Gesicht. Dann plötzlich wurden seine Augen lebendig und er trat auf Darken zu.

»Der Schlüssel wurde für gut befunden«, teilte er mit und Darken stand unsicher auf. Sein Gesicht war verzerrt vor Freude. »Doch Ihr seid kein Angehöriger des Volkes«, fuhr der Mann fort und packte Darken am Arm. »Mit welchem Recht führt Ihr den Schlüssel?«

Der Herzog schrie gellend auf, als der Mann ihn an seinem Arm mühelos hochhob und plötzlich ein dumpfes Grollen die Halle erschütterte.

»Ich bin Darken!«, kreischte der Herzog und versuchte vergeblich sich zu befreien. »Das ist mein Schwert!«

»Das stimmt nicht!«, schrie Larson. »Er hat es gestohlen! Es gehört mir!«

»Wer seid Ihr?«

»Ich bin Larson, König von Thebul.«

»Eure Namen sind dem ersten Diener nicht bekannt. Ich führe nun die letzte Order aus«, teilte der Silbermann

ihnen gleichgültig mit, während das Grollen immer lauter wurde. »Die Eindringlinge und die Stadt werden vernichtet.«
»Was?«, heulte Darken wütend auf und hämmerte mit seiner freien Hand auf den Arm ein, der ihn festhielt. »Das kannst du nicht machen! Ich habe dir das Schwert gebracht! Lass mich los!«
»Helft dem Herzog!«, brüllte einer der Soldaten, zog sein Schwert und stürzte sich auf den Mann. Die anderen taten es ihm nach, doch ihre Klingen prallten wirkungslos an der silbernen Haut ab. Nach einem kurzen Blick auf die Angreifer packte der Silbermann mit seiner anderen Hand den Hals des Herzogs und drückte zu. Darkens dunkle Augen quollen aus ihren Höhlen und er stieß ein grauenvolles Gurgeln aus. Nach wenigen Sekunden erschlaffte der Körper in den Händen des Silbermannes.
»Er hat den Herzog ermordet!«, schrie ein Soldat und die Krieger griffen noch erbitterter an.
»Wir müssen hier weg!«, keuchte Jeans. Das Grollen wurde immer lauter und langsam geriet die ganze Geröllhalde in Bewegung. »Wenn er mit ihnen fertig ist, macht er uns alle!«
»Raus, los!«, befahl Larson knapp und lief auf den Torbogen zu.
»Der Anhänger!«, rief Sanna und starrte verzweifelt auf den toten Körper des Herzogs zu den Füßen des Silbermannes. »Wir brauchen den Anhänger!«

»Keine Chance! Nicht mit den Fesseln!«, stellte Phillo wütend fest. »Los, Sanna, komm!«
»Ich hole ihn«, rief Art und rannte auf die Kämpfenden zu. Die anderen sahen ihm entsetzt hinterher. Als er die Gruppe erreichte, sank er in die Knie und kroch zwischen den Beinen der Soldaten hindurch. Einer der Männer wich der Hand des Silbermannes aus, stolperte rückwärts über Art und riss ihn ebenfalls zur Seite. So schnell es ging, rappelte er sich wieder hoch und erreichte endlich den Leichnam des Herzogs. Mit den Zähnen zerrte er an dem Anhänger, doch die Kette wollte einfach nicht nachgeben.
»Er schafft es nicht!«, schrie Jeans. »Verdammt, wir müssen ihm helfen!«
Sanna starrte auf die Hände von Art, die sich vergeblich in dem Strick wanden und ihn abzustreifen versuchten. Sie schickte ein Stoßgebet gen Himmel, dass die verdammten Fesseln endlich nachgaben. Ihre Augen waren starr auf den Knoten gerichtet, als sie sich daran erinnerte, dass sie vielleicht mehr tun konnte, als nur zu hoffen . . .
»Art, verflucht! Komm zurück!«, schrie Larson wütend. »Du bringst dich um!«
Plötzlich schlüpften Arts Hände aus seinen Fesseln und er riss Darken den Anhänger vom Hals. Wie ein Wiesel kroch er zwischen den Beinen der Kämpfenden hindurch und rannte zu seinen Freunden zurück, während das Goldmuster am Boden so hell strahlte, dass man es

nicht mehr direkt ansehen konnte. Das Grollen löste bereits große Felsen aus der Halde, die polternd nach unten rutschten.
»Jetzt aber weg hier!«, schnappte Larson und lief los. Die Kinder folgten ihm, ohne dass einer der Soldaten sich um sie gekümmert hätte. Sie hetzten den Gang hinunter, während hinter ihnen ein furchtbarer Schrei ertönte. Er ging sofort in dem Grollen unter, das den Boden erzittern ließ.
Hastig kletterten sie ins Freie und drängten sich durch die Schlucht. Der ganze Berg bebte und ein Regen aus Staub und kleinen Steinen ergoss sich über sie. Kaum hatten sie das Ende der Schlucht erreicht, verstummte das Grollen für einen Moment. Keuchend ließen sie sich neben dem Eingang der Schlucht zu Boden fallen und sahen sich gespannt an. Dann ertönte ein so gewaltiger Knall, dass sie ihn alle nur kurz spürten und dann betäubt zu Boden sanken. Das Dunkel des Abends wurde für einen Moment von einem weißen Blitz in blendende Helligkeit getaucht. Eine Feuerwolke schlug neben ihnen aus der Schlucht. Die Hitze der Flammen versengte ihnen die Haare und die Augenbrauen und alle schrien auf, ohne sich mit ihren tauben Ohren selbst hören zu können. Dann senkte sich die Dunkelheit wieder über den Berg.

Phillo rappelte sich als Erster auf und schüttelte den Kopf, um das scheußliche Pfeifen in seinen Ohren loszuwerden. Benommen sah er seine Freunde an, die sich stöhnend am Boden wälzten. Wie es schien, waren alle unverletzt. Außerdem waren sie Darken und seine Männer ein für alle Mal los. Jetzt mussten sie nur noch nach Hause gehen.

Vorsichtig ging er zu Art hinüber und stupste ihn mit der Fußspitze an. Sein Freund drehte sich auf die Seite und sah zu ihm hoch.

»Was'n?«, brummte er und rieb sich übers Gesicht. »Oh Mist, meine Ohren!«

»Wie wäre es, wenn du schnell meine Fesseln aufmachst?«, fragte Phillo grinsend. »Dann darfst du weiterschlafen.«

Ein Lachen glitt über das Affengesicht seines Freundes. »Gebongt«, sagte er und setzte sich auf. »Und ich will mein Frühstück ans Bett.«

»Wir können von Glück sagen, dass Darken keine Wachen vor der Höhle zurückgelassen hat«, stellte Larson fest und tunkte sein Brot in ein Tontöpfchen mit einer scharfen Soße. »In unserem Zustand hätten wir uns kaum gegen sie wehren können.«

»Wie hätten wir uns auch verteidigen sollen?«, stimmte Jeans zu und riss ihrem Brathühnchen mit der rechten Hand einen Schenkel ab. Ihre Schulter war frisch bandagiert worden und ihr linker Arm hing in einer Schlinge. »Wir hatten ja nicht mal Waffen.«

»Jedenfalls hat Gott wohl unsere Gebete erhört«, vermutete Morgan und lehnte sich seufzend in seinem Stuhl zurück. Er hatte sich in den vergangenen Tagen bereits recht gut erholt, während Richard sich noch einige Zeit würde schonen müssen.

»Es war ein harter Kampf«, meinte der König leise. »Allein der Verlust Eurer Männer ist schrecklich genug, ganz abgesehen von den anderen Toten.«

»Und das nur, weil dieser Bastard Darken vor Machtgier wahnsinnig geworden ist«, knirschte der Feldmarschall. Ihn schmerzte es ganz besonders, dass seine Männer bei ihrem Ablenkungsmanöver schon wenige Stunden nach dem Aufbruch von der Gaststätte von Darkens Männer gefasst und getötet worden waren. Vorher hatte man sie noch gezwungen Morgans Plan zu verraten. Sobald Darken von ihrer Flucht nach Süden erfahren hatte, hatte er ihnen die Männer hinterhergeschickt, die sie dann an der Furt gestellt hatten.

»Aber ich verstehe immer noch nicht ganz, wie sich dieses Zusammentreffen mit dem Wächter der Alten erklärt«, meinte Morgan. »Warum hat der silberne Mann den Herzog plötzlich angegriffen?«

»Darüber habe ich auch lange nachgedacht«, erklärte der König. »Wenn ich es richtig verstanden habe, dann hatte Darken ja schon mit dem Silbermann gesprochen, zumindest hat Sanna so etwas erzählt.«

»Darken hat es behauptet, ja«, sagte Sanna mit vollem Mund. »Als er mich zusammengeschlagen hat, hat er irgendwas gebrabbelt, dass der Wächter ihn im Tausch für das Schwert zum mächtigsten Mann der Welt machen würde.«

»Ich habe das Gefühl, da lag ein kleines Missverständnis vor«, höhnte Jeans.

»Allerdings«, rief Art begeistert. »Der Silbermann hat doch gesagt, dass er nur dann den Befehlen von Darken folgen kann, wenn der den Schlüssel prüfen lässt.«

»Und das geschah durch das Muster am Boden«, führte Larson den Gedanken weiter. »Aber etwas stimmte nicht. Darken war der Falsche, um das Schwert zu führen. Der Wächter der Alten hat erkannt, dass der Herzog kein rechtmäßiger Nachkomme von Ghaelrik war.«

»Der Silbertyp hat nie ›Schwert‹ gesagt«, warf Phillo ein. »Er hat immer nur von einem Schlüssel geredet. Und als das Muster die Klinge in sich reingezogen hat, ist der Griff abgegangen.«

»Vielleicht war es nie ein Schwert«, gab Sanna zu bedenken. »Immerhin sah die Klinge nicht besonders danach aus.«

»Meines Wissens wurde das Bronzeschwert auch nie als Waffe verwendet«, gab Larson nachdenklich zu. »In den Schriften war auch immer nur die Rede von einer Klinge, die meinem Vorfahr gegeben wurde – nie von einem Schwert.«

»Mir schwant etwas«, stöhnte Art. »Das verdammte Ding war einfach kein Schwert und auch keine Klinge – es war ein Schlüssel!«

»Was meinst du?«, fragte Jeans stirnrunzelnd.

»Na klar!«, rief Phillo. »Die Klinge war für die Alten so 'ne Art Magnetkarte. Wer sie hatte, konnte dem Silbermann Befehle erteilen – das Schwert war einfach eine Zugangsberechtigung.«
»Und wieso hat der Wächter dann den Herzog angegriffen?«, hakte Morgan verwirrt nach.
»Weil er von dem Muster am Boden nicht erkannt worden ist«, erklärte Art lachend. »Das Ding hat festgestellt: Okay, da ist jemand mit der Zugangsberechtigung. Aber es ist keiner, der sie haben dürfte, und deswegen: Zack, bumm! Das Muster hat dem Silbermann gesagt, dass da jemand einzudringen versucht, und deswegen hat er sich verteidigt. Cool!«
»Wieso hat der Silberkerl Darken dann nicht gleich angegriffen?«, meinte Jeans skeptisch.
»Er konnte es nicht selber nachprüfen, ganz einfach. Der Wächter hat seine Befehle vom Muster gekriegt. Er konnte Darken zwar sagen, was er tun muss, um Zugang zu kriegen, aber nicht, dass es schief gehen würde. So ähnlich wie bei einem Bankautomaten. Er sagt dir, dass du die Karte reinstecken sollst, aber du musst immer noch die Nummer eingeben. Und wenn du dreimal die falschen Zahlen tippst, dann zieht er deine Karte ein.«
»Nur dass der Automat hier etwas mehr eingezogen hat als eine Plastikkarte«, brummte Phillo. »Verdammt, deswegen war der Mistkerl die ganze Zeit so cool und hat sich über nichts aufgeregt. Er war eine blöde Maschine.«
»Auch wenn ihr mir das noch genauer erklären müsst,

was ihr meint«, sagte Larson verwirrt in die folgende Stille hinein, »muss man doch zufrieden sein, dass Darken an seinen eigenen Wahnvorstellungen von Macht zu Grunde gegangen ist. Und ich danke Gott, dass dabei nicht mehr geschehen ist.«

Alle nickten zustimmend und widmeten sich erneut ihrem Essen. Sie waren nun schon seit mehr als vier Wochen auf Khormuth, der Burg des Königs. Mittlerweile hatten sie sich schon hervorragend eingelebt. Sie streiften auf der gewaltigen Festung umher oder bestaunten die Stadt, die rings um die Burg angesiedelt war. Kurz nach ihrer Ankunft hatte der König für sie ein gewaltiges Fest gegeben, das mit einem Gottesdienst in der kleinen Burgkirche begann und mit einem unglaublichen Festschmaus im riesigen Thronsaal endete. Spätestens nach diesem Fest kannte jeder Bewohner der Burg die vier Freunde, und wo immer sie hinkamen, wurden sie respektvoll und freundlich gegrüßt.

Während Diener den Nachtisch brachten und Morgan sich seine Pfeife stopfte, holte Sanna den Anhänger unter ihrer Bluse hervor und spielte ein wenig damit.

»Ihr wisst immer noch nicht, wie man es benutzt, nicht wahr?«, fragte Larson mitfühlend.

»Nein, ich habe keine Ahnung«, murmelte sie kopfschüttelnd und die Freunde warfen sich düstere Blicke zu. Auch wenn sie das Leben auf Khormuth sehr genossen, hatten sie mittlerweile doch ziemliches Heimweh. Besonders Jeans wurde immer öfter mürrisch und unzufrieden. Sie war es einfach nicht gewohnt, so lange so eng mit ihren Freunden zusammen zu sein, und ihre Gefangenschaft in dieser fremden Welt nervte sie ziemlich.

»Ich wette, dass in den letzten Wochen ungefähr dreißig geile Spiele rausgekommen sind«, brummte sie. »Und auch wenn ihr mich auslacht, aber ich vermisse meine Alten.«

»Deswegen wird dich keiner auslachen, denke ich«, meinte Phillo und zupfte an seinem Ärmel herum. »Geht uns allen so.«

»Glaubt mir, ich tue, was in meiner Macht steht«, versicherte Larson ihnen. »Aber ich fürchte, dass kein Mensch außer Ulrik euch dabei helfen kann.«

»Und der liegt tot in einem Park in unserer Welt«, sagte Art schulterzuckend.

»Wer weiß«, sagte Morgan. »Immerhin ist Ulrik ein mächtiger Magier. Vielleicht kehrt er eines Tages zurück und kann euch in eure Heimat zurückschicken.«

»Tja, darauf werden wir wohl warten müssen«, seufzte Sanna. »Wenigstens haben wir noch genug damit zu tun, überhaupt erst mal herauszufinden, was wir eigentlich sind.«

»Tolle Beschäftigung«, schnaubte Jeans. Andererseits musste sie Sanna zustimmen. Bis jetzt hatten sie auf ganz Khormuth niemanden gefunden, der ihnen sagen konnte, was es eigentlich mit ihren neuen Körpern auf sich hatte.

Von Phillos Rasse wusste man nur, dass sie gewaltige

Krieger waren, die irgendwo im Westen zu Hause waren. Sannas Volk sollte im Süden seine Heimat haben, aber bis auf die sprichwörtliche Schönheit der Elhaîn war von ihnen ebenfalls kaum etwas bekannt. Ähnlich verhielt es sich mit Arts Volk. Die Lherram sollten in einer Steinwüste leben, die sich noch weiter südlich befand, und wurden meist für Fabelwesen gehalten. Wenigstens erfuhren sie, dass Jeans' Volk, die Khuzum, einer feindseligen Gegend entstammte, die hinter der Wüste Oagul lag. Doch all das war nicht besonders geeignet, die Neugier der Kinder zu stillen.

»Ich an eurer Stelle würde einmal nach Shaalan gehen«, schlug Morgan vor. »In der ›Stadt der tausend Türme‹ soll angeblich jedes Volk der Welt zu finden sein. Vielleicht erfahrt ihr dort etwas mehr über eure Stämme.«

»Das ist auch eine lange Reise«, meinte Larson schulterzuckend. »Andererseits habt ihr tatsächlich genug Zeit dafür, wie's scheint. Und auf Khormuth werdet ihr wohl nicht viel weiterkommen.«

»Warum nicht«, meinte Jeans müde. »Was Besseres haben wir ja wirklich nicht zu tun.«

Die anderen gaben ein zustimmendes Brummen von sich. Dennoch reichte der Gedanke an ihre eigene Welt mittlerweile schon aus, um sie alle in düsteres Grübeln verfallen zu lassen.

»Ich werde mich nun zurückziehen«, stellte Larson schließlich seufzend fest und stand auf. »Morgen empfange ich einen Gesandten von Fürst Rovar und dafür will ich ausgeschlafen sein. Eine gute Nacht wünsche ich euch allen.«

Auch der Feldmarschall verschwand bald in seinem Bett und die Kinder setzten sich noch ein wenig zusammen in Sannas Gemächer vor den Kamin, um zu plaudern. Doch ihr Heimweh war einfach zu stark, als dass sie jetzt noch besonders lustig sein konnten. Stumm saßen sie in den schweren Ledersesseln und starrten in die prasselnden Flammen.

Sanna drehte den Anhänger in den Händen und versuchte eine Antwort zu finden, wie man ihn benutzte. Sie starrte auf die seltsamen Muster auf den Metallscheiben. Jedes Mal, wenn sie das Ding in den letzten Tagen betrachtete, schienen sie irgendwie besser zueinander zu passen. Etwas in ihrem Hinterkopf sagte ihr, dass sie eines Tages eine Antwort finden würde. Doch momentan schien sie noch weit davon entfernt zu sein. Schließlich fiel sie in einen leichten Halbschlaf, während sie sich an ihr Zusammentreffen mit Ulrik im Park erinnerte. Was hatte der alte Magier nur angestellt, um sie in diese Welt zu schicken? Vor ihrem inneren Auge sah sie den Anhänger vor sich, wie er zu leuchten begann. Gleichzeitig wurde ihr Hinterkopf von dem seltsamen Kribbeln erfüllt und die innere Scheibe fing langsam an sich zu drehen . . .

Art rappelte sich benommen auf. Sein Kopf tat furchtbar weh und vor seinen Augen tanzten immer noch Lichter

von dem furchtbaren Blitz. Wo um alles in der Welt war er? Verwirrt rieb er sich mit den Handrücken über das Gesicht. Und dann erstarrte er.
Um ihn herum lagen drei andere Menschen. Er erkannte Jeans' roten Wuschelkopf, Phillos kurze, struppige Haare und Sannas blonden Schopf. Sie alle trugen noch ihre normalen Kleider, aber ihre Körper – falsch, verbesserte er sich. Sie alle hatten wieder ihre normalen *Körper*, trugen aber immer noch die Kleider, die sie auf Khormuth angehabt hatten.
Auch er selbst blickte plötzlich wieder aus luftiger Höhe auf die Welt herab, während seine Klamotten in Fetzen an ihm herunterhingen. Seine Freunde fingen stöhnend an sich zu regen und er sah sich um. Sie waren wieder dort, wo ihre seltsame Reise begonnen hatte. Es war Nacht und sie befanden sich mitten auf der Wiese, auf der sie vor unzähligen Wochen beieinander gesessen hatten. Der Alte war natürlich mittlerweile weg.
Zu Arts Füßen lagen einige kleine Gegenstände und er kniete nieder. Fassungslos hob er seine Uhr auf und starrte auf die Digitalanzeige. Sie hatte immer noch dasselbe Datum wie damals, als sie von Ulrik nach Thebul geschickt worden waren. Seit ihrem Aufbruch schienen nur knapp zwei Stunden vergangen zu sein!
»War das ein Traum?«, fragte Phillo heiser hinter ihm. »Art, verdammt, was war das?«
Art sah ihn lachend an und zupfte an seinem viel zu kleinen Ärmel. »Das sieht nicht besonders nach einem

Traum aus, oder?«, meinte er und steckte seinen Geldbeutel ein, der ein wenig feucht vom Tau war.
»Wir sind wieder zu Hause«, krächzte Jeans und stand langsam auf. »Was ist passiert?«
»Sanna muss es irgendwie geschafft haben«, stellte Art schulterzuckend fest. »Sanna? Bist du wach?«
Phillo ließ sich neben ihr ins Gras fallen und rüttelte sie sanft an der Schulter. »Sanna, aufwachen. Wir sind wieder daheim.«
»Will schlafen«, murmelte Sanna und kuschelte sich in das feuchte Gras. Die anderen sahen sich an und lachten. Ihrer Freundin ging es offensichtlich gut.

Auf dem Weg nach Hause betrachteten die Kinder staunend ihre Stadt. Plötzlich kam ihnen ihre eigene Welt fremder vor als Thebul. An einem Zeitungskasten stellten sie fest, dass Arts Uhr richtig ging, was das Datum betraf. Ihr Aufenthalt in der fremden Welt hatte sie tatsächlich kaum mehr als zwei Stunden gekostet.
»Mal ehrlich, das war ein verdammt geiler Abend«, nuschelte Sanna müde. »Und jetzt freu ich mich auf mein Bett.«
»Geht mir ähnlich«, erwiderte Phillo. »Ich fühle mich aber immer noch ziemlich komisch in diesem Körper.«
»Du wirst dich dran gewöhnen«, versicherte Jeans. »Auch wenn es dir schwer fällt, dich wie ein Mensch aufzuführen.«
»Sehr lustig«, brummte er und sah an sich herab. »Bin

mal gespannt, was meine Eltern zu dem Aufzug sagen.«
»Die Heimfahrt könnte witzig werden«, kicherte Art.
»Das nächste Mal nehmen wir was Passendes zum Anziehen mit«, gähnte Sanna.
Die anderen starrten sie fragend an. »Das nächste Mal?«, brachte Jeans schließlich hervor.
»Hm? Ach so, das meint ihr«, brummte Sanna und zerrte den Anhänger aus ihrer Tasche. »Ich meine nur, wenn ich das noch mal schaffe, müssten wir eigentlich noch eine Fahrt frei haben. Oder nicht?«